청소년 삼국지 4
서촉을 공략하라

청소년 삼국지

4

서촉을 공략하라

나관중 지음
권정현 엮음

자음과모음

삼국의 정립(서기 213년)

삼고초려 후 만난 유비에게 공명은 천하삼분지계를 설명한다. 그 뒤 유비가 익주에 들어가는 것으로 공명의 기본 전략인 천하삼분지계가 완성된다. 본격적인 위, 촉, 오 삼국시대가 도래한 것이다.

위수(渭水)

낙양(洛陽)

오장원(五丈原)

장안(長安)

위(

한중(漢中)

신야(新野)

양양(襄陽)

성도(成都)

형주(荊州)

무창

적벽(赤

익주(益州)

촉(蜀)

오(

청소년 삼국지를 펴내며

삼국지의 배경은 지금으로부터 약 1800년 전인 중국 한나라 말기다. 당시는 정치적으로 매우 어지러운 시기였다. 황제인 영제는 충신들을 멀리하고 내시들을 가까이 두었다. 그로 인해 나라는 급속히 혼란에 빠졌다. 황궁이 있는 낙양은 물론이고 시골에 이르기까지 백성들의 원성이 하늘을 찔렀다.

나라가 살기 어려워지자 곳곳에 도적이 창궐했다. 관리는 세금으로 백성들의 물건을 빼앗았고 도적은 강제로 백성들의 물건을 빼앗았다. 도적은 백성을 습격하고 집 잃은 백성은 다시 도적이 되는 악순환이 계속되었다. 도적들이 늘면서 제법 큰 규모를 갖춘 무리가 하나 둘씩 생겨났다. 그중에서 장각의 무리가 가장 강했다. 장각은 부하들에게 누런 두건을 쓰게 하고 약탈을 일삼았다. 삼국시대의 첫 장을 여는 '황건적의 난'은 이렇게 탄생하였다.

여기서 우리가 눈여겨볼 점은 황건적을 토벌하기 위해 전국 각지에서 일어선 제후들이다. 그들은 군사를 일으켜 황건적을 토벌했지만 그 뒤, 서로가 서로를 죽이는 처절한 전쟁을 벌이게 된다. 권력을 잡기 위해 발버둥치는 인간 군상들의 모습은 오늘날 현대를 살아가는 우리들에게도 좋은 본보기가 되고 있다.

삼국지는 등장인물이 수백 명에 이르는 대하소설이다. 인물들이 맡고 있는 역할도 매우 흥미롭다. 관우와 장비처럼 뛰어난 무예로 적을 제압하는 장수가 있는가 하면 공명이나 순욱처럼 지략으로 전장에서 적을 압도하는 참모들도 있다. 죽음으로써 의리를 지키는 충신이 있고 비겁하게 목숨을 구걸하는 장수도 있다. 자신의 이익을 챙기는 대신이 있고 백성을 먼저 생각하는 의로운 관리들도 있다. 삼국지는 바로 우리 인생의 축소판, 그 자체인 것이다.

삼국지가 오래도록 많은 사랑을 받아왔지만 상대적으로 청소년들이 읽을 수 있는 삼국지를 고르기란 쉽지 않은 일이었다. 삼국지는 그 양이 엄청나게 방대할 뿐만 아니라, 청소년들이 이해할 수 없는 표현이나 부적절한 상황 묘사도 많다. 따라서 이번에 새롭게 펴내게 된 《청소년 삼국지》는 청소년들의 눈높이에 맞춰 쓴 가장 이상적인 삼국지라고 할 수 있겠다.

《청소년 삼국지》의 가장 큰 특징은 교육적인 측면을 잘 활용한 점이다. 중요한 사건이나 전투, 고사성어가 등장하는 장면을 부록으로 엮어 본문의 해당 장을 명기하고 유기적으로 읽을 수 있도록 하였다. 따라서 일상생활에서 익숙하게 들었던 고사성어의 현장을 직접 눈으로 확인하며 소설을 읽는 재미가 쏠쏠하다.

《청소년 삼국지》의 두 번째 특징은 전체 단락을 크게 100개로 세분화하여 청소년들이 쉽게 접근할 수 있도록 구성을 안배한 점이다. 기존의 삼국지는 때에 따라 줄거리가 산만하게 펼쳐지고 등장인물과 사건이 복잡하게 얽혀 내용이 머리에 쉽게 들어오지 않는 단점이 있었다. 《청소년 삼국지》는 역사적 사실을 중심으로 객관적인 시각에서 삼국지 전체를 일목요연하게 조망할 수 있도록 하였다.

세 번째 특징은 남녀 누구나 재미있게 읽을 수 있다는 점이다. 삼국지는 그 동안 남자들의 전유물로만 인식되어 온 게 사실이다. 그러나 삼국지 속에는 여러 여성들이 등장하고 그들의 활약이 전체적인 흐름을 바꾸어 놓을 때도 있다. 《청소년 삼국지》는 남성 등장인물들의 굳고 강인한 이미지와 여성 등장인물의 섬세함이 한데 어우러져 전체 이야기를 구성한다. 또한 교훈적이고 주입적인 메시지에서 탈피하여 인물의 인간적인 면을 강조하였다.

예부터 '삼국지를 읽지 않은 사람과는 삶을 논하지 말라' 는 말이 있다. 삼국지는 평생에 걸쳐 읽어야 하는 우리 모두의 필독서다. 삼국지를 읽은 사람과 읽지 않은 사람 사이에는 큰 차이가 난다. 삼국지를 읽고 나면 우선 자신도 모르게 세계관이 넓어져 있음을 알 수 있다. 꿈을 갖지 못했던 사람은 왜 꿈을 가져야 하는지 알게 되고 우정의 소중함도 알 수 있게 된다. 또한 매사에 지혜롭게 대처할 수 있게 된다. 어떤 행동이 자신에게 현명함을 가져다 줄 것인지, 어떻게 하는 일이 많은 사람을 이롭게 하는 일인지 먼저 생각하고 행동하게 된다. 타인에 대하여 너그러움을 갖게 되기도 하고 현재의 삶에 감사하는 마음을 품게 된다. 삼국지에는 부모와 자식, 형제들과의 관계, 나라를 사랑하는 마음, 친구와의 우정 등 우리가 일상에서 겪을 수 있는 대부분의 사건이 등장한다. 뿐만 아니라 우리에게 어려움이 닥쳤을 때 그것을 극복할 수 있는 지혜를 선사한다.

이제, 가만히 귀를 기울이고 역사 저편에서 들려오는 힘찬 말발굽 소리를 들어보자. 청소년 여러분이 일찍이 경험하지 못한 세계 속으로 안내할 것이다.

4권 주요 등장인물

주유
자는 공근이며 손권의 형 손책과 친구지간이었다. 처음 손견을 섬기다가 손견이 죽은 후 손책을 섬기며 강동 토벌에 적극 앞장섰다. 손책이 죽은 후에는 변함없이 그의 동생 손권을 섬겼다. 공명과 함께 연환계, 화공 작전 등을 사용하여 조조의 대군을 적벽에 수장시킨다.

황충
유비가 형주 남부를 공략할 때 위연과 함께 항복하였다. 관우와 일대일 대결을 벌일 때 수백합을 싸워 승부를 가리지 못할 정도로 뛰어난 무예를 자랑했다. 211년 유비가 서촉을 공략할 당시 위연과 함께 선봉에서 전투를 이끌었다. 훗날 유비와 함께 오나라 정벌에 나섰으나 마충의 화살에 맞아 죽고 말았다.

마초
무릉 태생으로 자는 맹기. 어릴 때부터 용맹하고 싸움을 잘했다. 유비가 서촉을 침략하자 장로는 마초를 가맹관으로 보내 공격한다. 이때 마초는 장비와 일대일 싸움을 벌여 승부를 내지 못한다. 그러나 공명의 계략에 걸려 유비에게 항복하고 이후 촉나라 오호대장군이 되었다.

노숙

자는 자경으로 지혜롭고 성품이 너그러웠다.
이전부터 친분이 있던 주유에 의해 손권에게
발탁되었다. 주유와 함께 힘을 합쳐 적벽에서
조조를 무찔렀다.

감녕

자는 흥패. 파군 사람으로 원래는 형주에서 유
표를 받들었다. 상관인 황조가 자신을 무시하
자 오나라로 건너가 항복했다. 유수에서 조조
의 대군과 싸울 때는 불과 100명의 결사대를
이끌고 조조군 진영을 무인지경으로 휩쓸었다.

허저

허저는 호랑이처럼 힘이 강했으나 평소에 약간
멍한 상태였기 때문에 군사들은 그를 '호치'라
고 불렀다. 신장이 8척에 이르렀으며 무예가
뛰어났다.

순욱

위나라 제일의 지략가. 처음에는 원소의 부하
였다가 191년 조조에게 귀순한다. 조조가 위왕
에 오르려고 하자 순욱은 이에 반대하는 상소
를 올리고 50세의 나이로 죽음을 맞았다.

차례

61. 조조를 살려 준 관우 … 15

62. 형주를 차지한 유비 … 28

63. 남부 4군 공략전 … 39

64. 못생긴 사나이 방통 … 54

65. 들끓는 서량 … 66

66. 장송과 서촉 지도 … 78

67. 칼춤을 추는 위연 … 89

68. 방통, 낙봉파에서 죽다 … 103

69. 남은 자와 떠나는 자 … 117

70. 마지막 저항 … 128

71. 마침내 서촉을 얻다 ... 141

72. 조조의 한중 침략 ... 150

73. 감녕과 1백 명의 결사대 ... 160

74. 위왕이 된 조조 ... 172

75. 피바람 부는 한중 ... 182

76. 늙은 장수, 황충과 엄안 ... 194

77. 아, 조자룡 ... 210

78. 한중왕이 된 유비 ... 224

79. 화살에 맞은 관우 ... 234

80. 명의 화타 ... 246

61. 조조를 살려 준 관우

강을 따라 유유히 올라가는 한 척의 배가 있었다. 배 위에는
하얀 옷을 입은 사내가 앉아 있었다.

'조조의 목숨도 오늘로서 끝이로다.'

사내는 손에 든 부채를 흔들며 불타는 강물을 바라보았다.
철옹성을 자랑하던 조조군 배들은 빨간 불길에 휩싸여 있었
다. 백만에 가깝던 군사들은 종적 없이 흩어지고 매운 연기만
이 사방에 가득했다.

사내는 임무를 끝내고 강하성으로 돌아가는 공명이었다. 공명의 예상대로 동남풍이 불었고 화공 작전은 조조군을 혼란에 빠뜨렸다.

적벽을 벗어나자 공명은 부하들에게 돛을 전부 올리게 했다. 공명이 탄 배는 상류를 향해 빠르게 미끄러졌다.

공명이 도착하자 유비와 유기가 마중을 나왔다.

"우리 계획이 그대로 성공했구려."

유비는 기쁜 얼굴로 공명의 손을 어루만졌다. 공명이 절을 올린 뒤 말했다.

"하늘의 도움으로 동남풍이 불었습니다. 이제 조조를 사로잡는 일만 남았으니 한 치의 빈틈도 없이 움직여야 합니다."

"정말 조조를 사로잡을 수 있겠소?"

유비가 믿을 수 없다는 듯이 물었다.

"조조는 지금쯤 강을 벗어나 오림이라는 숲으로 도망치고 있을 것입니다. 독 안에 든 쥐 꼴이지요."

유비와 공명은 서둘러 성으로 돌아왔다. 장수들이 모이자 공명이 지도를 펼쳐 들었다.

"조자룡은 지금 즉시 군사 3천을 거느리고 오림으로 길을 떠나시오. 숲이 우거진 곳을 골라 매복하고 밤이 될 때까지 기다려야 합니다. 그러면 오늘 밤 반드시 조조가 지나갈 것이오. 조조군이 완전히 포위망에 걸려들면 그때 공격하시오."

조자룡은 고개를 갸웃거렸다.

"오림에는 큰 길이 두 개 있습니다. 한쪽은 남군으로 가는 길이고 한쪽은 형주로 가는 길이지요. 어떤 길을 지켜야 합니까?"

공명이 망설임 없이 대답했다.

"조조는 형주로 간 다음 허창으로 도망칠 것이오."

공명은 조조의 마음을 훤히 들여다보았다.

"장비 장군은 들으시오."

조자룡이 떠나자 공명은 장비를 쳐다보았다.

"장 장군은 군사 삼천을 거느리고 강을 건너가 호로곡에 숨어 계시오. 호로곡에서 길은 남이릉과 북이릉으로 갈라지는데 조조는 내일 아침 그곳에 도착할 것이오. 북이릉에 숨어 있다가 조조군이 밥을 짓는 순간 공격하시오."

다음으로 공명은 미축과 미방, 유봉을 불렀다.

"그대들은 배를 타고 강 하류로 내려가 기다리시오. 조조군이 버린 무기와 식량이 산더미처럼 떠내려 올 것이오. 그것을 모조리 거두어들이시오."

공명은 계속해서 남은 장수들에게 작전을 내렸다. 유기를 비롯해 간옹, 손건 등이 각자 할 일을 맡아 인사를 하고 떠났다.

그때 어디선가 헛기침 소리가 들렸다.

"군사께서는 이 관우를 잊으셨소? 다른 장수들에겐 다 임무를 주고 어찌하여 내 이름은 부르지 않는 거요?"

관우가 성난 목소리로 물었다. 공명이 빙그레 웃으며 대답했다.

"제가 어찌 관운장을 잊겠습니까? 관운장은 가장 중요한 임무를 수행하셔야 합니다."

관우의 눈이 반짝 빛났다.

"그렇다면 조조의 목?"

"바로 맞추셨습니다. 하지만 한 가지 명심하실 일이 있습니다."

"그게 무엇이오?"

"관운장은 조조에게 은혜를 입은 몸이 아니오? 또 조조를 떠날 때 훗날 반드시 은혜를 갚겠다고 맹세한 것으로 알고 있습니다. 혹시라도 옛 정에 이끌려 조조를 살려 줄까 걱정이오."

관우가 껄껄 웃음을 터뜨렸다.

"나는 이미 안량과 문추를 죽여 조조의 은혜를 갚았소. 어찌 사사로운 감정으로 조조의 목숨을 살려 주겠소. 만약 조조를 사로잡지 못하면 내 목을 바치리다."

"그게 사실이오?"

"맹세할 수 있소. 조조가 오는 길목이나 알려 주시오."

"조조는 오늘 밤 오림을 지나고 아침에는 호로곡을 거칠 것이오. 두 곳을 무사히 지난다면 그 다음 행선지는 화용산이오. 운장은 화용산에 들어가 군사를 숨기고 불을 피워 연기를 올리시오. 조조는 연기가 있는 방향으로 달려올 것이오."

"반드시 조조를 사로잡아 오겠습니다."

관우는 아들 관평과 함께 5백 군사를 이끌고 화용산으로 길을 떠났다. 유비가 공명에게 물었다.

"관운장은 의리가 강한 사람 아닙니까? 조조를 만나 혹시 일을 그르칠까 두렵습니다."

공명이 한숨을 쉬며 대답했다.

"잘 보셨습니다. 어젯밤 별자리를 보니 조조는 아직 죽을 운명이 아니었습니다. 그래서 일부러 관운장을 보내 조조에게 진 마음의 빚을 갚게 한 것입니다. 조조는 어떤 식으로든 이번 싸움에서 살아남게 돼 있지요."

유비는 공명의 깊은 마음에 크게 감탄했다.

"거기까지 생각하고 계실 줄은 미처 몰랐습니다."

조조는 정신없이 오림을 향해 길을 재촉했다. 오림은 수도 허창으로 가는 지름길이었다.

그들이 강을 벗어나 10여 리쯤 달렸을 때였다.

"역적 조조는 걸음을 멈추어라!"

함성 소리와 함께 수천 명의 군사가 쫓아왔다.

"앗! 큰일났구나."

조조는 간이 콩알만 해졌다. 오나라 장수인 여몽과 능통이 깃발을 휘날리며 달려왔다.

"주군, 어서 달아나십시오. 저들은 제가 막겠습니다."

장요가 용감하게 여몽과 능통을 막아섰다. 하지만 오군의 수는 너무 많았다. 대항하던 수십 명의 조조군이 목숨을 잃었다. 장요 또한 무기를 떨어뜨리고 오군에 포위되었다. 여몽과 능통의 칼이 막 조조를 찌르려 할 때였다.

"여기 서황이 있다!"

무섭게 생긴 장수가 도끼를 휘두르며 달려왔다. 그 뒤를 허저와 우금이 3천 군사를 이끌고 따라왔다.

"오, 서황이구나. 어서 나를 좀 구해다오."

장요 뒤에 숨어 있던 조조가 재빨리 서황을 향해 달려갔다. 서황과 허저, 우금은 살아남은 군사를 수습하여 도망치던 중이었다.

"쥐새끼 같은 놈들!"

여몽과 능통은 군사를 휘몰아 그대로 조조군을 덮쳤다. 태
사자와 육손, 감녕이 달려와 합세했다. 조조군은 사방으로 포
위되었다. 조조군은 필사적으로 길을 뚫었다. 한참 뒤에 북쪽
으로 향하는 길이 열렸다.

"오림으로 들어가라!"

조조가 발을 동동 구르며 소리쳤다. 조조가 앞장을 서고 그
뒤를 부하들이 따랐다. 오림은 숲이 빽빽이 우거진 곳이었다.
어느새 날이 저물었다. 오나라 군사들은 할 수 없이 쫓는 것을
포기했다.

조조는 부하들에게 휴식을 명령하고 천천히 주변을 살폈다.
뒤따르는 군사는 천여 명도 채 되지 않았다. 옷은 찢어지고 몰
골들은 말이 아니었다. 그때 무슨 생각을 했는지 조조가 큰 소
리로 웃기 시작했다. 난데없는 조조의 웃음에 부하들은 어리
둥절해졌다.

"승상, 무슨 일입니까?"

장수들이 조조에게 웃는 까닭을 물었다.

"주유와 공명은 참으로 무능한 자들이다. 백만 대군을 물귀

신으로 만들고도 나 하나를 잡지 못하다니. 벌판에서 나를 쫓을 게 아니라 이런 숲에 군사를 매복해 두었다면 꼼짝없이 나를 사로잡을 수 있었을 것이다."

그런데 조조의 말이 채 끝나기도 전이었다. 숲 양쪽에서 돌연 북이 울리며 창을 비켜 잡은 장수가 뛰어나왔다.

"조조야, 안 그래도 너를 기다리고 있었다."

조조는 깜짝 놀라 하마터면 말에서 떨어질 뻔했다. 그는 장판파 싸움에서 백만 조조군을 휘젓던 조자룡이었다.

"주군, 어서 피하십시오."

서황과 장합이 다가오는 조자룡을 막아섰다. 조조는 남은 군사를 이끌고 정신없이 도망쳤다.

어느새 날이 희미하게 밝아 왔다. 검은 구름이 산을 덮고 비바람이 몰아쳤다. 군사들은 추위와 싸우며 힘겹게 걸음을 옮겼다. 그로부터 얼마 뒤 그들은 호로곡에 이르렀다. 거기서부터 길은 두 갈래로 갈라졌다. 남이릉은 길이 넓고 북이릉은 좁았다. 추격군을 두려워한 조조는 북이릉으로 방향을 잡았다.

"잠시 쉬어 가자. 군사들은 속히 음식을 만들어라."

조조가 명령했다. 군사들은 불을 피워 젖은 옷을 말리고 말을 잡아 고기를 구웠다. 바로 그때였다.

"조조는 목을 내놓고 가라!"

북이 울리는 가운데 또다시 한 떼의 군사가 쏟아져 나왔다.

"앗, 장비다!"

앞에 선 장수의 수염을 보는 순간 조조는 자신도 모르게 소리쳤다. 모든 장수들이 두려워 주춤거리는 가운데 허저가 홀로 달려가 장비를 막았다. 조조는 재빨리 말을 타고 달아났다. 이 싸움에서 남은 조조군 대부분이 목숨을 잃었다.

정신없이 말을 달린 조조는 겨우 화용산에 이르렀다. 이제 조조를 따르는 군사는 백 명도 되지 않았다. 그들 대부분은 창에 찔리고 화살에 맞은 부상병들이었다.

"길이 두 갈랩니다. 어디로 갈까요?"

앞장섰던 군사가 조조에게 물었다. 화용산 입구에서 길은 둘로 갈라졌다. 매복이 있는지 오른쪽 방향에서 연기가 피어올랐다. 조조는 연기가 피어나는 곳을 가리켰다.

"연기가 난다는 것은 매복이 있다는 얘기가 아닙니까?"

부하들이 두려움에 떨며 물었다.

"저건 공명이 우릴 왼쪽길로 유인하기 위해 잔꾀를 쓴 것이다. 연기가 나는 길로 가라. 오히려 그곳에 매복이 없을 것이다."

조조가 쓴웃음을 지으며 대답했다. 군사들은 조조의 말에 따라 연기가 피어나는 길로 들어섰다. 그들이 산 안쪽으로 5리쯤 들어왔을 때였다.

"조조를 사로잡아라!"

함성 소리와 함께 숲 좌우에서 5백 명의 군사가 튀어나왔다. 백 명 가까운 조조군은 완전히 포위되었다. 군사들은 싸울 기력을 잃고 무릎을 꿇었다.

"승상은 어디를 급히 가시오? 관우가 어제부터 승상을 기다렸습니다."

적토마에 올라 청룡언월도를 움켜쥔 관우가 조조 앞에 나타났다.

"오오, 그대는 관운장이 아닌가? 나를 버리고 매정하게 떠나더니 이런 곳에서 다시 만나게 될 줄 누가 알았겠나."

조조는 관우가 적이라는 사실도 잊고 반가운 마음이 앞섰다.

관우는 가볍게 고개를 숙이고 대답했다.

"승상의 목을 가지러 온 장숩니다. 사사로운 감정은 거두어 주십시오."

관우가 냉정하게 나오자 조조는 눈물이 핑 돌았다.

"장군은 어찌 그리 야박하시오? 백만 군사를 모두 잃고 비참하게 돌아가는 중이오. 옛정을 생각해서 부디 이 사람의 목숨을 구해 주시오."

조조는 관우 앞에 무릎을 꿇고 애원했다.

"지금 이 자리에서 승상과 나는 서로 적일 뿐이오."

관우의 말에 조조는 더욱 서럽게 통곡했다.

"서운하구려. 나는 지금까지 관운장을 한 번도 적으로 생각하지 않았소. 내가 아끼는 부하들을 수없이 죽이고 유황숙을 찾아 나설 때 내 마음이 어떠했는지 아시오? 창자가 끊어지고 가슴이 터지는 것 같았소. 하지만 그래도 나는 관운장을 미워하지 않았소."

그 소리를 듣자 관우는 자신도 모르게 눈시울이 뜨거워졌다. 자신이 아끼던 적토마를 내주고 유비의 가족들을 무사히 보호해 주지 않았던가. 유황숙을 찾아 나설 때 떠나는 자신을 마중 나와 옷을 벗어 주었던 조조였다.

"장군……."

관우가 망설이자 조조 뒤에 섰던 장수가 칼을 내던지고 고개를 숙였다. 평소에 관우와 친분이 있던 장요였다. 뒤이어 조조의 다른 장수들도 모두 고개를 숙였다.

"음……."

관우는 길게 탄식했다. 조조를 살려 주면 자신의 목을 내놓

아야 했다.

"길을 비켜 주어라!"

관우가 눈을 질끈 감고 소리쳤다. 부하들은 어리둥절한 표정으로 길을 열어 주었다. 그 순간 조조군은 있는 힘껏 포위망을 벗어났다. 조조군이 멀리 사라지자 관우는 군사를 돌려 강하성으로 돌아왔다.

"무엇이, 관우가 조조를 놓아주었다고?"

소식을 전해 들은 공명은 펄쩍 뛰며 화를 냈다.

"군법에 따라 벌을 받겠소."

관우가 참담한 얼굴로 말했다.

"여봐라, 당장 관운장을 처형하라!"

공명이 주변을 향해 소리쳤다. 그러자 유비와 장비가 간곡하게 말렸다.

"관운장과 우리는 같은 날 죽기로 맹세를 한 몸이오. 부디 한 번만 너그럽게 용서를 해 주시오."

유비와 장비가 사정을 하자 공명은 못 이기는 척 물러섰다.

"군령을 어겨서는 안 되나 이번 한 번만 특별히 용서해 드리리다. 관운장은 앞으로 더 큰 공을 세워 오늘의 실수를 만회하시오."

공명은 관우를 본보기로 삼아 군법을 엄하게 다졌다.

62. 형주를 차지한 유비

　다음 작전은 조조에게 빼앗겼던 형주를 되찾는 일이었다. 공명은 유비에게 건의하여 군사들을 남군성 인근 유강구로 이동시켰다. 유강구에 군사를 집결했다가 기회를 보아 남군성을 빼앗기 위해서였다.

　조조가 적벽 대전에서 패했지만 아직 형주는 조조의 수중에 있었다. 남군성은 양양성, 형주성 등과 더불어 형주를 방어하는 중요한 거점이었다. 허창으로 도망치던 조조는 남군성에 조인과 우금을 남겨 지키게 했다. 남군성과 가까운 이릉성은 조인과 형제지간인 조홍이 지켰다. 양양성은 하후돈이 머물렀으며 형주성에는 장요와, 이전, 악진 등의 장수가 남아서 공명과 오나라 군사의 공격에 대비했다.

유비가 유강구로 진격했다는 소식을 듣자 주유는 펄쩍 뛰었다.

"큰일 났구나. 이건 필시 형주를 손에 넣으려는 수작이다."

싸움에 이긴 주유 역시 형주를 손에 넣기 위해 준비 중이었다. 그런데 난데없이 유비가 유강구로 이동했다는 소식을 듣게 된 것이었다. 주유는 노숙과 함께 빠른 배를 이용하여 유비를 찾아왔다.

"우리가 죽을힘을 다해 조조와 싸우는 동안 유황숙은 도대체 무엇을 하시었소? 피 한 방울 흘리지 않고 숨어 있다가 형주를 통째로 차지할 생각을 하다니 이게 말이나 되는 얘기요?"

주유는 버럭 화를 냈다. 공명이 입가에 미소를 띤 채 말을 받았다.

"장군께서 무슨 오해를 하고 계신 모양이구려. 지금 남군을 지키고 있는 조인은 지략이 뛰어난 장수입니다. 혹시나 도움을 드릴까 오나라 군사가 오기를 기다리고 있었던 것이오."

"흥!"

주유는 콧방귀를 뀌었다.

"80만 조조군을 물귀신으로 만든 우리 오나라 군사들이오. 어찌 남군성 하나 빼앗지 못하겠소."

공명이 약을 올리듯 물었다

"오나라 군사가 남군성을 빼앗지 못하면 어떻게 하시겠소?"

성격이 급한 주유는 앞뒤 생각 없이 대답했다.

"우리가 남군성을 빼앗지 못하면 유황숙이 공격하시오."

아차 싶었지만 이미 엎질러진 물이었다.

공명은 회심의 미소를 지었다. 모든 게 계획대로 돌아가고 있었다.

"남군성을 빼앗지 못하면 어쩌려고 그런 약속을 하였소?"

돌아오는 길에 노숙이 걱정스러운 얼굴로 물었다.

"힘써 싸운다면 어찌 이기지 못하겠소."

주유가 자신만만하게 대답했다.

주유는 장흠과 서성, 정봉 등에게 5천 군사를 주어 먼저 남군으로 떠나보냈다. 유강구에 머물고 있는 유비의 군대가 마음에 걸렸기 때문이다.

장흠은 공을 세울 욕심으로 곧장 남군성으로 공격해 들어갔다. 적이 쳐들어오자 조인과 우금도 군사를 몰고 달려 나왔다. 그러나 장흠은 조인과 우금의 상대가 되지 못했다. 장흠은 싸움에 크게 패하여 주유가 있는 본진까지 후퇴했다.

주유는 대군을 이끌고 남군성을 포위했다. 주유가 남군성을 공격하는 동안 감녕은 3천 군사를 이끌고 이웃한 이릉성을 공격하여 함락시켰다. 성을 빼앗긴 조홍은 남은 군사를 이끌고 남군성으로 들어가 조인과 합세했다.

"이대로는 오나라 군사를 당해 낼 수 없습니다."

적진을 살피던 조홍이 형 조인에게 말했다.

"좋은 방법이라도 있느냐?"

조인이 미간을 찌푸리며 물었다.

"승상께서 전에 한 가지 계교를 알려 주고 가셨습니다."

"그게 무엇인가?"

조인이 눈을 동그랗게 떴다.

"군사를 성 주변에 매복시키고 성문을 열어 후퇴하십시오. 오나라 군사들이 들이치면 그때 일제히 화살을 쏘아 적을 섬멸하라는 분부셨습니다."

"좋은 생각이다."

조인은 무릎을 치며 기뻐했다.

조인은 밥을 지어 군사들을 배불리 먹게 했다. 그런 다음 새벽이 되기를 기다렸다가 군사를 반으로 갈라 성문 주변에 매복시켰다. 날이 밝자 조인은 북을 치며 일제히 성문을 빠져나갔다.

"적이 도망간다!"

조조군을 보자 오나라 군사들은 함성을 지르며 뒤쫓기 시작했다.

"한 놈도 남기지 말고 목을 베어라!"

주유는 주태와 한당을 시켜 도망가는 조조군을 뒤쫓게 했다.

주유는 남은 군사를 이끌고 남군성 안으로 들어갔다. 성문은 활짝 열려 있었다. 얼마나 급하게 도망쳤는지 여기저기 조조군의 신발과 무기가 떨어져 있었다.

"이제 남군성은 우리 것이 되었다. 망루에 오나라 깃발을 올려라!"

주유는 신이 나서 부하들에게 명령했다. 바로 그때였다.

"주유가 저기 있다. 쏘아라!"

도망친 줄 알았던 조홍이 칼을 들고 망루에 모습을 드러냈다. 숨었던 조조군이 나타나 일제히 화살을 쏘기 시작했다. 성이 비어 있는 줄 알고 무작정 들어왔던 오군은 큰 혼란에 빠졌다. 화살이 쏟아지자 오나라 군사들은 앞 다투어 성문을 빠져 나갔다. 일시에 많은 군사가 몰리자 성문 앞 땅이 밑으로 가라 앉았다. 조조군이 밤에 몰래 함정을 파 놓았던 것이다. 오나라 군사들은 화살에 맞거나 함정에 빠져 순식간에 수천 명이 목 숨을 잃었다.

"음, 이게 어찌 된 일이냐?"

주유는 화살을 피해 허겁지겁 말 머리를 돌렸다. 그때 '피 융!' 소리와 함께 화살 하나가 날아와 주유의 왼쪽 옆구리에 꽂혔다. 주유는 비명을 지르며 그대로 말에서 굴러 떨어졌다.

주유가 화살에 맞자 우금이 재빨리 칼을 들고 뛰어왔다. 도 망치던 서성과 정봉이 그 광경을 보고 달려와 죽기를 각오하 고 우금의 칼을 막았다. 이때 후방에 있던 능통과 정보가 주유 를 도우러 달려왔다. 그 틈에 주유는 간신히 목숨을 건질 수 있었다.

그로부터 며칠이 흘렀다. 간신히 몸을 회복한 주유는 거짓 으로 자신이 죽었다는 소문을 퍼뜨렸다. 소문은 즉시 조조군 의 귀에 들어갔다. 조인은 부하 장수들을 불러 놓고 말했다.

"주유 몸에 박힌 화살 끝에는 독이 묻어 있었다. 따라서 주 유가 죽은 것은 틀림없는 사실이다. 야밤에 오군을 기습하여 죽은 주유의 목을 베어 와라."

장수들은 고개를 끄덕이며 찬성했다.

이윽고 밤이 되었다. 조인은 우금을 선봉으로 삼아 살며시 성을 빠져나왔다. 칠흑같이 어두운 밤이었다. 조인군은 살금살금 기어 오나라 군대가 주둔하고 있는 벌판으로 다가갔다. 그런데 어찌 된 일인지 막사 안은 텅 비어 있었다.

"주유에게 속았다. 어서 군사를 돌려라!"

조인은 속은 것을 알고 후퇴 명령을 내렸다. 그때 북이 울리며 사방에서 오나라 군사들이 쏟아져 나왔다. 어둠 속에서 조인군은 자기들끼리 짓밟고 넘어졌다. 조인과 조홍은 각각 10여 명의 군사를 이끌고 간신히 오군의 포위망을 뚫었다.

어느새 희미하게 날이 밝아 왔다. 싸움은 오군의 일방적인 승리였다. 벌판은 죽은 조인군의 시체로 가득했다.

"남군성으로 진격하라!"

싸움에 이긴 주유는 군사를 수습하여 남군성으로 달려갔다. 그러나 텅 비어 있을 것이라고 생각했던 남군성은 굳게 닫혀 있었다. 성문 위에 나부끼는 깃발도 처음 보는 것이었다.

"너희는 누구냐? 성문을 열어라!"

주유가 고래고래 소리를 질렀다. 그러자 망루 위에 범처럼 생긴 장수가 모습을 드러냈다.

"나는 상산 조자룡이오. 장군께서 첫 싸움에 조조군을 이기지 못했으니 우리가 약속대로 성을 접수했소이다."

주유는 칼을 빼 들고 버럭 소리를 질렀다.

"못된 공명에게 또 속았다. 공격하라! 성을 빼앗아라!"

오나라 군사들은 함성을 지르며 돌격했다. 그러자 기다렸다는 듯 화살이 쏟아졌다. 군사를 뒤로 물린 주유는 감녕과 능통을 불러 명령했다.

"조인이 이끄는 조조의 주력은 어젯밤 모두 몰살당했다. 텅 빈 형주성과 양양성을 얻은 뒤 이곳 남군성을 빼앗기로 하자. 감녕은 지금 즉시 군사를 이끌고 형주로 달려가 성을 접수하라. 능통은 양양성으로 달려가 비어 있는 성을 접수하라!"

추상 같은 호령이었다. 감녕과 능통이 군사를 이끌고 막 떠나려 할 때였다. 염탐 나갔던 전령이 급히 달려와 주유에게 보고했다.

"큰일났습니다. 양양성과 형주성도 유비가 차지해 버렸습니다."

"그, 그게 사실이냐?"

주유가 눈을 크게 뜨고 전령을 다그쳤다.

"형주성은 장비라는 자가 차지했고 양양성엔 관우의 군사가 들이닥쳤습니다."

전령은 땀을 흘리며 자신이 목격한 사실을 전해 주었다. 주유는 그 자리에 털썩 주저앉으며 탄식했다.

"아아……. 참으로 분한 노릇이다."

모든 게 하룻밤 사이에 벌어진 일이었다. 조인이 주유와 혈전을 벌일 때 공명은 조인군으로 가장한 첩자를 형주성으로 보내 구원병을 요청했다. 형주를 지키던 조조군이 성을 비우자 장비가 군사를 몰고 들어가 비어 있는 형주성을 차지했다. 양양성도 마찬가지였다. 구원병을 청하는 전령이 오자 하후돈은 군사를 이끌고 남군을 향해 길을 떠났다. 그 틈을 타 관우는 재빨리 양양성을 차지했다. 이리하여 이릉성을 포함한 형주의 큰 성 대부분이 유비의 수중에 떨어졌다. 오나라 군사가 조조군과 혈전을 벌이고 있는 사이, 유비는 피 한 방울 흘리지 않고 형주의 모든 성을 차지해 버린 것이었다.

"으윽!"

마침내 주유는 피를 토하여 그 자리에 쓰러졌다. 화살에 맞았던 상처가 곪아 터졌던 것이다. 주유는 다음 날 겨우 정신을 차렸다. 노숙이 찾아가자 주유는 눈물을 흘리며 서럽게 울었다.

"어떻게 해야 이 원수를 갚을 수 있겠소?"

노숙이 그런 주유를 위로했다.

"장군께서는 잠시 참고 계시지요. 제가 유황숙을 만나 담판을 짓고 오겠습니다. 유황숙은 덕이 있는 사람이니 나름대로 생각이 있겠지요. 무작정 성을 차지하려 들지는 않을 것입니다."

주유는 주먹을 불끈 쥐고 몸을 떨었다.

"형주를 돌려주지 않으면 모든 군사를 동원하여 공격할 것이라고 전하시오."

노숙은 말을 달려 형주성으로 유비를 찾아갔다. 공명이 성문 밖으로 노숙을 마중 나왔다. 공명을 보자 노숙이 대뜸 물었다.

"오나라는 엄청난 말과 양곡, 군사를 허비하며 연일 조조군을 무찔렀소. 그런데 황숙께서는 어찌하여 속임수로 형주를 차지하셨소?"

공명이 싸늘하게 웃으며 대답했다.

"누가 이 땅을 차지했다는 것이오? 형주는 원래 돌아가신 유표 어른이 다스리던 곳이었소. 유황숙께서는 이 땅을 도로 찾아 그 아들 되는 유기에게 되돌려 드렸을 뿐이오."

공명은 옆에 서 있던 유기를 가리켰다. 공명이 그렇게 나오자 노숙은 할 말이 없어졌다. 유기가 자리를 비우자 노숙이 다시 물었다.

"그렇다면 유기 공자가 죽으면 이 땅은 어찌 되는 것이오?"

공명이 거침없이 대답했다.

"그땐 오나라가 이 땅을 차지해도 좋소이다."

63. 남부 4군 공략전

계략으로 형주를 얻은 유비는 크게 기뻐했다. 조조와 손권에게는 미치지 못했지만 유비로서는 처음으로 가져 보는 큰 땅이었다. 누상촌에서 의병을 일으킨 지 어느덧 20여 년, 유비의 나이는 마흔 중반이 되어 있었다.

유비는 대신들을 불러 놓고 앞날을 의논했다.

"우리가 비록 형주를 얻었다고는 하나 손권과 조조가 언제 이곳을 넘볼지 알 수 없는 상황이오. 좋은 계책들을 말해 보시오."

이적이라는 신하가 앞으로 나와 말했다.

"형양 땅에 눈썹이 흰 마량이라는 선비가 살고 있습니다. 그를 청해 형주의 정세를 묻는다면 좋은 결과를 얻을 수 있을 것입니다."

이적은 채모가 유비를 죽이려고 할 때 미리 그 사실을 알려 주어 유비의 목숨을 구해 주었던 유표의 옛 부하였다.

유비는 사람을 보내 마량을 불러들였다.

"어찌하면 형주와 양양을 오래 지킬 수 있겠소?"

마량은 막힘없이 계책을 알려 주었다.

"형주는 강동과 강북 사이에 끼어 오래 보전하기 힘든 땅이지요. 형주 남쪽으로 눈을 돌리십시오. 남쪽에는 무릉, 장사, 계양, 영릉의 네 개 군이 있는데 아직 조조나 손권의 손길이 미치지 않는 곳입니다. 네 땅을 차지하여 식량과 군사를 얻는다면 능히 형주를 보존하는 데 힘이 될 것입니다."

유비는 크게 기뻐하며 다시 물었다.

"그렇다면 넷 중에서 어느 곳을 먼저 쳐야 합니까?"

"영릉을 치시고 그 다음 무릉을 도모하십시오. 그 다음이 계양이요. 마지막은 장사 땅입니다."

"우리가 군사를 일으켜 싸우는 동안 조조와 손권이 움직일

까 걱정이오."

"그럴 염려는 놓으셔도 됩니다. 조조와 손권은 지난번 적벽 대전의 후유증으로 섣불리 군사를 내지 못할 것입니다."

유비는 공명과 의논하여 유기를 양양으로 보내고 그곳에 있던 관우로 하여금 형주를 지키게 했다. 강릉성은 미축과 유봉을 보내 머물게 하고 군사를 일으켜 장비와 조자룡을 이끌고 영릉으로 진군했다.

유비가 쳐들어오자 영릉 태수 유도는 아들 유현을 불러 물었다.

"유비가 우리 땅을 넘보니 이를 어쩌면 좋겠느냐?"

유현이 대답했다.

"유비 휘하에 용맹한 장수가 많다고는 하나 우리에게도 용장 형도영이 있습니다. 아버님은 너무 걱정하지 마십시오."

유도는 형도영에게 1만 군사를 주어 유비를 막게 했다. 형도영은 도끼를 장난감 다루듯 휘두르는 장수였다. 형도영이 군사를 이끌고 성 밖 30리 지점에 이르렀을 때 산모롱이를 돌아오는 유비의 군사와 정면으로 마주쳤다.

"공격하라!"

형도영이 도끼를 휘두르며 말을 타고 달려 나왔다. 그러자 유비군에서도 한 장수가 달려 나왔다. 호랑이 수염에 고리눈을 한 장비였다. 장비의 사모창과 형도영의 도끼가 공중에서 불꽃을 튀었다. 장비의 엄청난 힘에 밀려 형도영은 하마터면 도끼를 떨어뜨릴 뻔했다. 상대가 되지 않자 형도영은 말 머리를 돌려 도망치기 시작했다. 그러자 다시 한 장수가 형도영을 가로막았다.

"이놈, 어딜 도망가느냐? 상산의 조자룡이 여기 있다!"

형도형은 깜짝 놀라 말에서 떨어졌다. 장비와 조자룡은 형도영을 묶어 유비에게 데리고 갔다. 형도영을 보자 유비가 화난 음성으로 명령했다.

"저놈을 끌어내 목을 베라!"

형도영은 파랗게 질려 목숨을 빌었다. 옆에 있던 공명이 물었다.

"너를 살려 보낼 테니 유도와 유현을 잡아 바칠 수 있겠느냐?"

형도영이 벌벌 떨며 대답했다.

"네, 그렇게 하겠습니다."

"무슨 재주로 그들을 사로잡는단 말이냐?"

"오늘 밤 군사를 이끌고 영릉성을 기습하십시오. 그 틈을 타 안에서 유도와 유현을 사로잡은 뒤 성문을 열겠습니다."

공명은 형도영을 그대로 보내 주었다. 유비가 물었다.

"어찌 저자를 믿을 수 있단 말이오?"

공명이 웃으며 대답했다.

"형도영은 자기가 모시던 주군을 배신할 위인이 못 됩니다. 저자의 계획을 이용해야지요."

공명의 예상은 그대로 들어맞았다. 성으로 돌아간 형도영은 곧장 유도를 찾아갔다.

"오늘 밤 유비의 군사가 기습을 해 올 것입니다. 성 주변에 매복하고 있다가 저들의 기습을 역으로 이용하면 큰 성과를 거둘 수 있을 것입니다."

유도는 형도영의 말대로 성문 주변에 군사를 매복하고 밤이 되기를 기다렸다. 새벽이 되자 예상대로 유비군이 나타나 성을 공격하기 시작했다. 매복해 있던 영릉 군사들은 함성을 지르며 유비군을 공격했다. 유비군은 혼비백산하여 도망치기 바빴다.

"쫓아라, 공명과 유비를 사로잡아라!"

형도영과 유도는 신이 나서 군사를 다그쳤다. 그러나 그들은 유비군이 자신들을 유인하고 있는 줄은 꿈에도 생각지 못했다. 10여 리쯤 달렸을 때였다. 갑자기 계곡 좌우에서 유비군이 벌 떼처럼 달려 나왔다.

"배신자, 형도형은 창을 받아라!"

조자룡의 창이 번득이자 형도영의 목이 달아났다. 형도영이 죽자 유도와 그의 아들 유현은 무릎을 꿇고 항복했다. 유비는 백성들을 안심시키고 유도로 하여금 계속해서 영릉을 다스리게 했다.

유비는 여러 군사에게 상을 내린 뒤 장수들을 불러 물었다.

"무릉을 얻었으니 이제 누가 계양을 치겠나?"

"제게 맡겨 주십시오."

조자룡과 장비가 동시에 벌떡 자리를 차고 일어났다. 두 사람이 서로 가겠다고 싸우자 공명은 제비를 뽑게 했다. 그 결과 조자룡이 선봉으로 결정되었다. 공명은 다음 날 즉시 군사 3천을 이끌고 계양으로 떠났다.

계양 태수 조범은 부장 진응과 포룡에게 3천 군사를 주어 조자룡을 막게 했다. 진응은 비차를 잘 썼고 포룡은 활의 명수였다. 이윽고 양쪽 군대는 성문 밖에서 만났다.

"너희는 왜 남의 땅을 침범하느냐?"

조자룡을 보자 진응이 비차를 빙빙 돌리며 달려들었다. 조자룡도 창을 휘두르며 진응과 맞섰다. 진응이 조자룡을 향해 비차를 힘껏 날리던 순간이었다. 조자룡은 말 위에서 가볍게 비차를 받아 줄을 잡아당겼다. 진응은 외마디 비명을 지르며 그대로 땅바닥에 처박혔다.

"너를 죽여 마땅하나 목숨을 살려주겠다. 너희 태수에게 돌아가 항복할 것을 권하라!"

진응이 싸움에 지고 돌아오자 조범은 한숨을 내쉬며 성문을 열고 나왔다. 계양을 함락했다는 보고를 받자 유비는 크게 기뻐했다. 즉시 계양성으로 달려가 조자룡을 위로하고 상을 내렸다. 옆에서 이 장면을 지켜보던 장비는 부아가 치밀었다.

"형님은 어째서 사람을 차별하시오? 이 장비에게도 어서 군사를 내주시오. 당장 무릉으로 달려가 태수를 산 채로 잡아다 바치겠소."

장비가 입을 실룩거리자 공명이 껄껄 웃으며 말했다.

"좋소. 남은 무릉은 장비 장군이 취하시오!"

장비는 기다렸다는 듯 3천 군사를 이끌고 무릉으로 떠났다. 무릉 태수는 금선이었다. 장비가 쳐들어온다는 소식을 듣자 금선은 군사를 이끌고 마주 나갔다. 금선을 보자 장비가 버럭 소리를 질렀다.

"항복하지 않고 무얼 쳐다보느냐? 장판파에서 조조의 백만 대군을 가로막은 익덕 장비의 이름을 듣지 못했느냐?"

그 소리를 듣자 금선은 간담이 서늘해졌다.

"누가 나가서 장비와 싸울 테냐?"

금선이 부장들을 돌아보며 물었다. 그러나 아무도 앞으로 나서지 못했다. 앞으로 나서기는커녕 겁에 질려 슬금슬금 뒷걸음질 치는 자가 대부분이었다.

"할 수 없군!"

금선은 이를 꽉 문 채 장비를 향해 달려들었다.

"이놈, 목숨이 두렵지 않느냐?"

장비가 장팔사모를 흔들며 소리쳤다. 금선은 손이 떨려 들고 있던 칼을 그대로 떨어뜨렸다. 금선은 황급히 말을 돌려 성으로 도망쳤다. 그러나 금선이 마악 무릉성에 이르렀을 때였다. 갑자기 성 위에서 화살이 날아왔다.

"우리는 유황숙에게 항복하기로 했다!"

남아서 성을 지키던 공지가 소리쳤다. 공지는 원래 유황숙을 존경하던 사람이었다.

"저런, 죽일 놈!"

금선이 바락바락 소리를 질렀다. 말이 채 끝나기도 전에 화살 하나가 날아와 금선의 이마에 명중했다. 금선은 비명도 지르지 못하고 그대로 죽고 말았다.

연이어 성을 얻자 유비의 기쁨은 컸다. 유비는 장비에게 상을 내리고 형주로 보내 관우와 교대시켰다. 관우에게 기회를 주기 위해서였다. 조자룡과 장비가 공을 세우자 몸이 근질근질했던 관우는 적토마를 몰고 번개처럼 달려왔다.

공명이 관우에게 술을 권하며 말했다.

"자룡과 익덕이 삼천의 군사로 계양과 무릉을 빼앗았으나 남아 있는 장사는 다르오. 좀 더 많은 군사를 데리고 가서 신중하게 싸워야 할 것이오."

듣고 있던 관우는 화를 벌컥 냈다.

"군사는 나를 어떻게 보고 그런 소리를 하시오? 내가 익덕과 자룡보다 못하다는 거요?"

"그럴 리가 있겠소."

"그럼 무엇이 문제요?"

"장사 태수 한현은 별 볼일 없는 인물이나 그 밑에는 황충과 위연이라는 천하의 명장 두 사람이 있소. 가볍게 보았다가는 큰 코를 다치게 될 것이오."

그러나 관우는 콧방귀를 뀌었다.

"두고 보시오. 황충과 위연을 산 채로 잡아다가 바치리다."

관우는 자신이 거느리고 왔던 5백 명의 부하만 이끌고 장사로 떠났다. 유비가 말렸지만 아무런 소용이 없었다.

"오백 군사로는 어림도 없습니다. 주군께서 뒤를 받쳐 주십시오."

공명이 다급히 유비에게 간청했다.

"내 생각도 군사와 같소이다."

유비는 군사 수천을 선발하여 장사로 내려갔다.

관우가 쳐들어오자 태수 한현은 황충을 불러 의논했다. 황충이 고개를 숙이고 대답했다.

"태수님은 너무 걱정하지 마십시오. 만 명의 군사가 온다 해도 이 황충을 당하지는 못할 것입니다."

황충은 나이가 예순에 가까운 노장이었다. 창이면 창, 칼이면 칼, 다루지 못하는 무기가 없었다. 또한 활을 잘 쏘았는데 말 위에서 날아가는 기러기를 맞혀 떨어뜨릴 정도였다. 관우의 병력이 5백 명임을 알자 황충 또한 5백 군사를 이끌고 마주 나갔다.

"거기 오시는 게 황충 장군이 아니시오?"

관우가 황충을 발견하고 물었다.

"관운장은 의를 중히 여긴다고 들었다. 어찌하여 남의 땅을 침범했는가?"

황충이 말 위에서 꾸짖었다.

"장사는 본래 형주가 다스리던 지역이었습니다. 그 땅을 다시 찾아 형주 태수의 아드님인 유기 공자에게 돌려드리러 왔을 뿐이오."

"그렇다면 내 목을 베고 이 땅을 가져가라!"

황충이 칼을 휘두르며 관우를 덮쳤다. 관우도 청룡언월도를 휘두르며 황충과 맞섰다. 하지만 듣던 대로 황충은 예사 장수가 아니었다. 자그마치 1백 합을 싸웠지만 좀처럼 승부가 나지 않았다. 관우의 청룡도를 백 합 이상 받아 낸 장수는 일찍이 여포 이외에는 존재하지 않았다.

'음, 대단한 장수로다!'

관우는 거듭 감탄했다. 황충의 칼 솜씨는 조금도 빈틈이 없었다. 황충도 관우의 솜씨에 감탄하기는 마찬가지였다. 지금까지 황충의 칼을 백 합 이상 받은 장수는 존재하지 않았다.

그때 뜻하지 않은 일이 발생했다. 황충이 탔던 말이 발을 헛디뎌 쓰러졌던 것이다. 황충은 칼을 떨어뜨린 채 그대로 땅바닥에 처박혔다. 황충이 말에서 떨어지자 관우는 재빨리 청룡도를 거두었다.

"나를 죽일 수도 있는데 왜 칼을 거두느냐?"

황충이 흰 눈썹을 움찔하며 물었다.

"내 어찌 실수로 넘어진 장수의 목을 벨 수 있겠소. 말이 지친 것 같으니 그만 돌아가시오."

관우의 말에 황충은 크게 감동했다.

'역시 관운장은 의로움을 중히 여기는 인물이군.'

다음 날 두 장수는 다시 성문 밖에서 맞붙었다. 함성과 북소리가 천지를 진동하고 기합 소리가 사방을 쩌렁쩌렁 울렸다. 그러나 이번에도 백 합이 넘어가도록 승부가 나지 않았다.

어느 순간, 황충이 돌연 말 머리를 돌려 달아나기 시작했다. 관우는 황충이 거짓으로 도망가는 줄도 모르고 힘껏 뒤를 쫓았다. 간격이 벌어지자 황충은 팔에 휘감고 있던 철궁을 꺼내 들었다. 활에 살을 팽팽하게 먹인 뒤 황충은 몸을 휙 비틀었다. 그러나 황충은 차마 관우를 쏘지 못했다. 황충은 관우가 쓰고 있던 투구를 겨냥하여 화살을 쏘았다. 화살은 관우가 쓴 투구 정면에 박혔다. 머리를 아슬아슬하게 스친 상태였다.

'아, 이번에는 황충이 나를 살려 주었구나.'

관우는 황충과 싸울 마음이 싹 달아나고 말았다. 관우는 군사를 거두어 10리 밖으로 후퇴했다.

한편, 황충이 성으로 돌아오자 태수 한현은 발을 구르며 화를 냈다.

"어찌하여 관우를 살려 주었느냐? 여봐라, 저놈을 당장 끌어내어 목을 베어라."

황충은 변명하지 않았다.

"장수 된 자로 어찌 거짓말을 하겠소. 관운장이 먼저 나를 살려 주었기에 차마 죽일 수 없었소. 어서 내 목을 치시오."

군사들이 달려들어 황충을 꽁꽁 묶었다. 군사들이 황충의 목을 칼로 막 베려 할 때였다. 막사 한쪽에서 홀연히 한 장수가 뛰어나왔다.

"손을 멈추어라!"

모든 사람들이 깜짝 놀라 그를 바라보았다. 그는 다름 아닌 위연이라는 장수였다. 위연은 의양 사람으로 성격이 급한 반면에 무예가 뛰어난 인물이었다.

"황충 장군은 오랫동안 장사를 지켜 온 노익장이시다. 누가 감히 황 장군을 죽인단 말이냐?"

말을 마친 위연은 칼을 들어 태수 한현의 목을 벴다. 순식간에 벌어진 일이었다.

위연과 황충은 성문을 활짝 열고 관우의 군대를 맞아들였다. 뒤늦게 달려온 유비는 소식을 듣자 기쁨을 감추지 못했다. 무엇보다 마음 든든한 일은 위연과 황충이라는 뛰어난 장수를 얻은 것이었다.

　영릉과 계양, 무릉, 장사 4군을 차례로 평정한 유비는 군사를 돌려 형주로 돌아왔다. 군사와 식량이 전과 비교할 수 없을 정도로 넉넉해졌다. 유비가 어진 마음으로 백성들을 어루만지니 사방에서 인재들이 몰려들었다.

64. 못생긴 사나이 방통

유비가 형주를 차지했다는 소식을 듣자 누구보다도 놀란 사람은 조조였다.

'드디어 용이 바다로 나왔군…….'

조조는 가슴을 쓸어내리며 한탄했다. 그러나 조조는 섣불리 군사를 낼 수 없었다. 손권과 유비가 정식으로 동맹을 맺는다면 불리한 건 자신이었다.

모사 정욱이 들어와 계책을 일러 주었다.

"주유와 공명은 사이가 무척 좋지 않습니다. 이번 기회에 황제의 칙령을 내려 주유를 남군 태수로 명하십시오. 남군은 형주와 접경지대로 주유는 반드시 형주를 취하려고 할 것입니다. 두 세력이 싸움을 벌여 힘이 약해지면 차례로 공격하십시오."

정욱의 계략은 그대로 적중했다. 남군으로 옮겨 가자 주유는 공명에게 속아 성을 빼앗긴 일을 생각하고 몸을 떨었다. 때마침 형주에 숨어 정세를 살피던 부하로부터 밀서가 날아들었다. 형주 태수 유기가 병으로 죽었다는 내용이었다. 주유는 손권에게 편지를 보내 즉시 그 사실을 알렸다. 손권은 노숙을 불러 형주로 갈 것을 명령했다.

형주에 도착한 노숙은 유비와 공명이 머물고 있는 숙소로 찾아갔다.

"유기 공자가 죽으면 형주를 돌려주기로 약속하지 않았소? 그 일을 의논하러 이렇게 찾아왔소이다."

공명이 난처한 얼굴로 대답했다.

"미안하게 됐소이다. 안 그래도 지금 서촉을 치기 위해 군사를 기르고 있는 중이오. 조금만 더 시간을 달라고 하십시오."

노숙은 본래 마음이 여린 사람이었다. 공명과 유비가 사정을 하자 할 수 없이 그대로 형주를 떠났다. 돌아오는 길에 노숙은 남군에 들러 주유를 만났다. 얘기를 전해 들은 주유는 펄쩍 뛰며 화를 냈다.

"도대체 어느 천년에 서촉을 점령한단 말이오? 공명의 잔꾀에 속으셨습니다. 이대로 돌아가면 필경 목이 달아나고 말 것이오."

노숙의 안색이 금방 어두워졌다. 주유가 노숙을 안심시켰다.

"하지만 너무 걱정할 것 없소이다. 마침 내게 좋은 계책이 생각났으니."

"그게 무엇입니까?"

"지금 즉시 다시 형주로 돌아가 공명을 만나십시오. 그리고 우리 오나라가 군사를 일으켜 서촉을 빼앗아 주겠다고 얘기하십시오."

"서촉은 땅이 험하고 외진 곳이라 싸우기가 쉽지 않은 곳입니다."

"하하하, 정말로 서촉으로 진격할 마음은 추호도 없습니다. 대군을 이끌고 서촉으로 진격하면 유비와 공명이 마중을 나올 것이오. 그때 군사를 돌려 두 사람을 사로잡고 형주를 빼앗을 생각이오."

실로 교묘한 계책이었다. 노숙은 지체하지 않고 형주로 발

길을 돌렸다.

"유황숙을 대신해서 오나라가 서촉을 빼앗기로 결정했습니다. 그러니 군사가 지나갈 때 약간의 식량과 무기를 보조해 주십시오. 서촉을 빼앗으면 황숙께 그 땅을 드릴 생각입니다. 대신 형주를 우리 오나라에 반환해야 합니다."

공명은 고개를 끄덕였다.

"참으로 고맙구려. 그렇게만 해 준다면 무엇을 더 바라겠소? 오나라 군대가 형주를 지나가길 음식을 장만하여 기다리고 있겠습니다."

계획대로 일이 진행되자 노숙은 크게 기뻐하여 강동으로 돌아갔다.

"군사는 어쩌자고 저들의 말을 들어주었소?"

노숙이 돌아가자 유비가 물었다.

"길을 빌리는 척하며 우릴 공격할 계획입니다. 어린아이 같은 작전을 쓰다니, 주유가 죽을 날도 멀지 않았군요."

공명이 입가에 미소를 띠고 대답했다.

한편, 남군으로 돌아간 노숙은 공명의 말을 그대로 주유에게 전했다. 주유는 너털웃음을 터뜨렸다.

"어리석은 놈들, 이제 공명과 유비를 사로잡을 날도 멀지 않았다."

주유는 감녕과 여몽, 서성과 정봉, 능통 등 쟁쟁한 장수들을 불러 모아 작전 명령을 내렸다. 손권에게 편지를 띄워 출병 사실을 알리고 5만 군사를 동원하여 형주로 밀고 올라갔다.

"우리는 서촉으로 가는 오나라 군사들이다. 나와서 우리를 반기지 않고 형주 군사들은 무엇을 하느냐?"

주유는 말 위에 높이 올라 큰 소리로 외쳤다. 그러나 어찌 된 일인지 유비의 군사는커녕 길에 사람 하나 보이지 않았다. 그런 상황은 주유 일행이 형주성 앞에 이를 때까지 계속되었다.

"우리는 먼 길을 떠나는 오나라 군사들이다. 어서 성문을 열어라!"

주유가 닫힌 성문 앞에 서서 소리쳤다. 그러자 성루 위에 검은 그림자 하나가 나타났다. 바로 조자룡이었다. 조자룡이 손을 들어 신호를 보내자 활을 겨눈 형주군이 일제히 성벽 위로 모습을 드러냈다.

"장군은 무슨 일로 대군을 이끌고 나타나셨소? 솔직히 말씀해 보시오."

조자룡이 쓴웃음을 지으며 물었다.

"보면 모르겠나? 어서 성문을 열게. 유황숙과 공명을 만나

뵙고 성안에서 하루 쉰 뒤 내일 서측으로 떠날 생각이네."

주유는 군사들을 성으로 들인 뒤 공격을 개시할 생각이었다.

"하하, 주 장군은 딱도 하시오. 그따위 어린아이 같은 계략이 통할 줄 아셨소? 군사를 거두어 얌전히 물러가시오. 그렇게 하지 않으면 5만 오군은 하루 사이에 시체가 될 것이오."

"음, 또 공명에게 속았군……."

주유는 입술을 깨물며 그대로 말에서 굴러 떨어졌다. 지난번 화살에 맞은 자리가 터진 것이었다. 때를 같이해 숨어 있던 형주 군사들이 오군을 포위하기 시작했다. 오나라 장수들은 주유를 말에 태운 뒤 서둘러 후퇴했다. 본래 싸울 마음이 없던 형주 군사들은 오군을 쫓지 않았다.

주유가 죽은 것은 그로부터 며칠 뒤였다. 상처가 덧나 곪은 데다가 화병까지 겹쳤던 것이다. 주유는 숨이 끊어지면서 하늘을 우러러 탄식했다.

"하늘은 이 주유를 낳고 어찌하여 또 제갈공명을 보냈단 말인가!"

그때 주유의 나이, 서른여섯이었다.

주유가 죽자 오나라는 큰 슬픔에 잠겼다. 손권은 주유를 후하게 장사 지내 주고 그의 두 아들을 불러 벼슬을 내렸다. 주유에 이어 새롭게 수군 대장이 된 사람은 노숙이었다. 나라가 어느 정도 안정되자 노숙은 손권을 찾아갔다.

"주군께서는 어찌하여 천하의 인재를 곁에 두고 불러 쓰지 않으십니까?"

"그게 누구요?"

슬픔에 잠겨 있던 손권이 얼굴을 활짝 폈다.

"양양 사람으로 그의 이름은 방통이라고 합니다. 사람들은 보통 봉추 선생이라고 부르지요. 세상 사람들은 제갈공명과 그를 가리켜 와룡과 봉추라고 하는데 위로는 천문에 통하고 아래로는 지리에 밝을 뿐만 아니라, 지모와 계략이 출중하고 군사를 부리는 일은 손자와 오자에 비길 만합니다. 사방 백 리를 다스리기에 전혀 부족함이 없는 사람이지요."

"방통이라면 적벽에서 연환계로 조조의 배를 묶었던 인물이 아니오? 어찌 그의 이름을 모르겠소. 당장 불러오시오."

노숙은 사람을 보내 방통을 불러오게 했다.

손권은 방통이 들어와 절을 하자 깜짝 놀라 그를 자세히 바라보았다. 제갈공명에 버금가는 훤한 용모를 기대했기 때문이다. 그러나 손권의 표정은 이내 실망으로 일그러졌다. 방통은 눈썹이 짙었고 코는 들창코였다. 시커먼 얼굴에 눈은 짝눈이요, 수염 또한 제멋대로였다. 무엇보다 손권을 실망시킨 것은 예의라고는 찾아볼 수 없는 방통의 거친 말투였다.

방통이 물러가자 노숙이 난처한 얼굴로 물었다.

"주군께서는 어째서 방통을 그냥 보내셨습니까?"

손권은 미간을 잔뜩 찌푸렸다.

"방통은 말만 잘한다 뿐이지 별 볼일 없는 촌놈에 불과하오. 다시는 그의 이야기를 내 앞에서 꺼내지 마시오."

노숙은 황급히 방통을 찾아갔다.

"용서해 주시오. 우리 주군께서 사람을 알아보지 못하고 그만 큰 실수를 하셨습니다."

방통은 대수롭지 않다는 듯 호탕하게 웃었다.

"하하, 이 사람의 운명이 그러하니 어쩌겠소."

"이제 어디로 가실 작정입니까?"

"유황숙이 형주에 자리를 잡았으니, 그리로 찾아갈 생각이오."

노숙은 방통을 위해 소개장 하나를 써서 들려 주었다.

"저와 유황숙 사이에는 얼마간의 친분이 있습니다. 이 편지를 가지고 가면 필히 선생을 중요하게 쓰실 것이오."

방통은 노숙과 작별하고 형주로 길을 떠났다.

방통이 형주에 도착했을 때 공명은 새로 얻은 영릉과 무릉, 장사 등지를 시찰하러 나간 상태였다. 방통이 도착했다는 소식을 듣자 유비는 성문 밖까지 달려와 그를 맞이했다.

그러나 방통을 처음 만난 유비의 생각 또한 손권과 크게 다르지 않았다. 첫눈에 보기에 방통은 너무나 못생겼고 몰골 또한 꾀죄죄했다. 무엇보다 유비의 마음을 상하게 한 것은 방통의 무례한 행동이었다. 유비가 먼 길을 달려와 손을 마주 잡았지만 인사는커녕 고개를 세우고 유비를 쳐다보았다.

"무슨 일로 먼 길을 달려오셨소?"

유비가 겨우 화를 참으며 물었다. 유비는 방통이 자신을 시험하고 있음은 꿈에도 생각하지 못했다.

"황숙께서 널리 인재를 구한다기에 이렇게 왔습니다."

방통 또한 유비에게 적잖게 실망했다.

"이곳에서 동쪽으로 백여 리를 가면 뇌양현이라는 작은 고을이 있습니다. 그곳 현령 자리를 맡아 솜씨를 보여 주시오."

유비가 자신을 일개 현령으로 박대하자 방통은 어이가 없었다. 방통은 우선 뇌양현으로 가서 몸을 쉬기로 했다.

뇌양현에 도착한 방통은 정사를 돌보지 않고 매일 술만 마셨다. 소문은 금세 유비의 귀에 들어갔다.

"이런 고약한 자가 있나!"

화가 치민 유비는 장비와 손건을 보내 자세한 내막을 알아보게 했다. 소문은 모두 사실이었다. 방통은 술에 곯아떨어져 장비가 시찰 나온 사실도 알지 못했다. 장비가 씩씩거리자 손건이 말렸다.

"방통은 예사 인물이 아니오. 일단 무슨 사연인지 얘기나 들어 봅시다."

손건은 방통이 술이 깨기를 기다렸다가 물었다.

"송사 장부가 산더미처럼 쌓여 있는데 어찌하여 매일 술타령이시오?"

방통이 껄껄 웃고 대답했다.

"그까짓 송사 장부 정도는 반나절이면 처리할 수 있소."

장비가 옆에서 버럭 소리를 질렀다.

"어디서 함부로 입을 놀리느냐? 반나절 동안 처리하지 못하면 목이 달아날 줄 알아라!"

"흥!"

방통은 코웃음을 치며 관리를 시켜 송사 장부를 가져오게 했다. 다음 날 방통은 송사에 관계된 백성들을 모두 현청 뜰에 모이게 한 뒤 하나하나 사건을 처리해 나갔다. 장사꾼들끼리

붙은 시비, 땅과 관련된 싸움, 가축에 관한 송사, 폭력과 강도 등 근 백여 건 가까운 사건들이 순식간에 척척 해결되었다. 백성들은 아무 불만을 제기하지 않고 기쁜 얼굴로 돌아갔다.

"자, 이제 됐습니까?"

반나절 만에 일을 모두 처리한 방통이 붓을 내던지며 장비를 쳐다보았다. 보고 있던 장비와 손건은 벌어진 입을 다물지 못했다.

"우리가 미처 선생을 알아보지 못했습니다."

장비와 손건은 방통에게 절을 올린 뒤 유비에게 달려갔다. 그때 마침 멀리 시찰을 나갔던 공명이 돌아왔다. 얘기를 전해 들은 공명은 큰 소리로 웃었다.

"바다에나 어울릴 물고기를 작은 우물에 가두어 놓은 격이군요. 술로 세월을 보냈다 하니, 봉추가 단단히 화가 난 모양입니다."

유비는 그제야 자신이 큰 실수를 저질렀음을 깨달았다

"어서 방통 선생을 모셔와라!"

유비는 방통을 불러들여 공명과 함께 군사로 삼았다. 이로써 유비는 천하에 이름 높은 와룡과 봉추를 모두 얻게 되었다.

65. 들끓는 서량

방통이 유비 밑으로 들어갔다는 소식이 조조의 귀에 들어갔다. 조조는 이를 갈며 분해했다. 방통의 연환계에 걸려 적벽에서 패전하지 않았던가. 조조는 군사를 일으켜 형주를 공격할 계획을 세웠다.

조조가 대신들을 모아 놓고 말했다.

"유비가 말을 기르고 군사를 맹훈련시키는 모양이오. 이는 우리를 공격하려 함이 아니고 무엇이겠소?"

모사 순유가 대답했다.

"우리가 군사를 밑으로 움직인다면 서량에 있는 마등이 가만히 있지 않을 것입니다. 이번 기회에 그 후환을 제거해 버리시지요."

"마등은 일찍이 나를 배반하고 연판장에 서명을 했던 인물이 아닌가? 그를 제거할 방법이라도 있는가?"

"마등에게 남정장군이라는 벼슬을 내리시고 손권을 치라고 명하십시오. 그러면 마등은 틀림없이 황제의 칙령을 받들기 위해 허창으로 들어올 것입니다. 그때 사로잡아 목을 베십시오."

"과연 그럴듯한 계교로다."

조조는 전령을 서량으로 보내 황제의 칙서를 전했다. 마등은 칙령이 곧 조조의 흉계임을 알아차렸다. 그렇지만 황제의 도장이 찍힌 칙서를 무시할 수 없는 노릇이었다. 마등은 아들 마초로 하여금 서량을 지키게 하고 두 아들과 조카 마대를 데리고 허창으로 길을 떠났다.

허창에 도착한 마등은 황제를 만나기 위해 궁궐로 향했다. 마등이 성문 근처에 이르렀을 때였다. 갑자기 사방에서 조조의 대군이 쏟아져 나왔다. 몇 만 명이나 되는 엄청난 군사였다. 거기다가 조조의 날랜 부장들이 모두 싸움에 나왔다. 마등은 자신의 어리석음을 탓하며 힘껏 싸웠다. 하지만 역부족이었다. 온몸이 창칼에 찔린 채 얼마 못 가 사로잡히는 신세가 되었다. 조조는 회심의 미소를 지으며 마등의 목을 베게 했다. 마등과 함께 나섰던 두 아들 마휴와 마철도 목숨을 잃었다. 조카 마대만이 겨우 살아 허겁지겁 서량으로 도망쳤다.

마등이 죽자 조조는 30만 대군을 일으켜 오나라를 공격했다. 오를 공격하고 그 뒤 형주를 칠 생각이었다. 조조군이 공격해 오자 손권은 형주로 급히 전령을 보내 유비에게 구원을 요청했다.

그러나 공명은 천하태평이었다. 공명은 답장을 써서 보냈다.

피 한 방울 흘리지 않고
조조의 대군을 물리쳐 드리겠습니다
베개를 높이고 편히 주무십시오

유비가 걱정스런 얼굴로 물었다.

"조조의 군사가 자그마치 삼십만이오. 무슨 수로 저들을 물리친단 말이오?"

공명이 조용히 대답했다.

"조조가 서량 태수였던 마등을 불러들여 목을 베었다고 합니다. 그 아들 마초에게 은밀히 편지를 보내 조조를 공격하게 하십시오."

유비의 얼굴이 비로소 밝게 펴졌다.

한편, 가까스로 죽음을 면한 마대는 죽을힘을 다해 서량에 도착했다. 아버지와 두 형제가 죽었다는 소식을 들은 마초는 땅을 치며 통곡했다.

"내, 당장 조조의 간을 꺼내 씹을 것이다."

그때 형주에서 유비가 보낸 편지가 서량에 도착했다. 조조를 공격하면 뒤에서 서량을 돕겠다는 내용이 적혀 있었다. 마초는 군사를 일으킨 뒤 숙부인 한수를 찾아갔다. 한수 역시 휘하에 많은 군사를 거느리고 있었다. 양쪽 군사를 합치니 자그마치 20만이나 되었다.

서량군은 성난 파도처럼 허창으로 몰려갔다. 제일 먼저 서량군을 맞은 조조의 장수는 장안 태수 종요였다. 종요는 조조에게 구원을 요청하는 한편 성문을 굳게 닫고 서량군과 맞서 싸웠다. 장안은 한때 한나라의 수도였던 관계로 성벽이 높고 험했다. 서량군은 꾀를 내어 군사를 거두고 후퇴하는 시늉을 했다. 서량군이 물러가자 종요는 성문을 활짝 열고 밖으로 나왔다. 그때 숨어 있던 서량군이 물밀 듯이 성안으로 밀고 들어갔다. 튼튼하던 장안성은 하룻밤 사이에 서량군에게 함락되었다.

조조가 대군을 거느리고 막 오나라 국경에 당도했을 때였다. 전령이 급히 달려와 장안성이 함락되었다는 소식을 전했다. 조조는 깜짝 놀라며 몸을 부르르 떨었다.

"마등에게 아들 마초가 있다는 걸 깜박 잊었군!"

조조는 조홍과 서황에게 군사 1만을 주어 장안을 구원하게 했다. 이때 장안 태수 종요는 동관으로 후퇴하여 서량군을 막고 있었다. 동관에 다다른 서량군은 숲 주변에 숨어 있다가 구원하러 달려온 조홍의 군대를 포위했다. 조홍과 서황은 크게 패해 수십 리나 후퇴했다.

동관을 점령한 마초는 그대로 군사를 몰아 조조군을 공격했다. 동관으로 달려오던 조조는 급히 행군을 멈추고 싸울 준비를 했다. 하얀 갑옷을 입은 마초가 좌우에 마대와 방덕을 대동하고 조조를 꾸짖었다.

"개만도 못한 조조야. 어찌하여 내 아버님과 동생들을 죽였느냐?"

마초는 조조의 대답을 듣기도 전에 말을 타고 달려들었다.

조조 옆에 있던 우금이 가까스로 마초의 창을 막았다. 그러나 우금은 마초의 상대가 아니었다. 10합이 채 못 되어 말을 돌려 달아나기 바빴다. 장합이 달려들었지만 역시 마초의 상대가 되지 못했다. 이번에는 이통이 마초를 향해 달려들었다. 그러나 마초는 이통을 한 창에 찔러 죽였다.

"마치 죽은 여포를 보는 듯하구나. 대단한 장수다!"

조조는 자기편이 죽는 줄도 모르고 입이 딱 벌어졌다. 그때 서량군이 파도처럼 조조군을 덮쳤다. 그 누구도 감히 마초를 막지 못했다. 조조군은 갈팡질팡 사방으로 흩어졌다. 조조도 말에 올라 허둥지둥 도망쳤다.

조조를 본 마초가 큰 소리로 부하들에게 명령했다.

"저기, 붉은 옷을 입고 도망치는 놈이 조조다!"

조조는 재빨리 입고 있던 전포를 벗고 속옷 바람으로 도망쳤다. 조조가 옷을 벗고 달아나자 서량병들이 다시 소리쳤다.

"염소수염을 기른 놈이 조조다!"

"윽!"

조조는 얼른 옆에 차고 있던 단검을 꺼내 수염을 모두 잘랐다. 그러자 다시 서량병들이 소리쳤다.

"수염 없이 속옷으로 도망치는 놈이 조조다! 조조를 잡아라!"

조조는 땅에 떨어져 있던 깃발을 주워 그것으로 얼굴을 친친 감쌌다.

'휴, 이렇게 하면 아무도 모르겠지.'

조조가 겨우 안도의 한숨을 내쉴 때였다.

"조조야, 속옷 바람으로 어딜 도망가느냐!"

멀리서 마초가 창을 휘두르며 달려왔다. 조조는 놀라 기절할 뻔했다. 조조는 재빨리 말 옆구리를 걷어찼다. 마초의 말이 점점 조조가 탄 말을 따라잡았다. 마초는 있는 힘껏 창으로 조조를 찔렀다. 그때 조조 앞에 굵은 나무 한 그루가 나타났다. 마초가 내지른 창은 조조의 등을 아슬아슬하게 스쳐 나무 밑동에 콱 박혔다. 창을 빼 다시 조조를 찌르려 했지만 창이 빠지지 않았다. 그 틈에 조조는 멀리 달아날 수 있었다.

"분하다. 나무가 조조를 살렸구나."

마초는 하는 수 없이 군사를 거두었다.

그날 이후 싸움은 별다른 성과 없이 지루하게 이어졌다. 두려움을 느낀 조조가 싸울 생각을 하지 않고 방어만 했기 때문이다.

마초가 이끄는 서량군은 용맹하기가 천하에 당할 군대가 없었다. 하지만 방어만 하는 조조군을 이기기는 쉽지 않았다. 또

한 조조군은 서량군에 비해 군사의 수가 월등히 많았다. 서량군이 식량 확보에 애를 먹었던 반면에 조조는 많은 식량을 미리 준비하고 있어 군사들이 늘 배불리 먹었다.

가을이 지나고 어느덧 겨울이 되었다. 양쪽 군사들은 계속해서 크고 작은 싸움을 벌이며 대치했다. 싸움이 길어지자 조조 역시 몸이 달았다. 오나라를 토벌하고 형주를 점령할 계획이 마초로 인해 좌절됐기 때문이다.

어느 날 허창에서 모사 가후가 조조를 찾아왔다.

"주군께서는 언제까지 이곳에서 마초나 막고 계실 작정이십니까?"

가후는 원래 완성에서 조조와 싸우던 장수의 부하였다. 장수가 조조에게 항복하자 자연스럽게 조조의 부하가 된 터였다.

"나도 걱정이 태산이네."

가후가 아픈 곳을 찌르자 조조는 한숨을 길게 내쉬었다.

"마초와 한수 사이를 갈라놓으십시오. 마초를 제거할 방법은 그것밖에 없습니다."

그러면서 가후는 자세한 방법을 얘기했다.

"이간지계를 쓰자는 말이로군. 내가 왜 그 생각을 못했을까."

조조는 크게 기뻐하며 가후의 작전을 실행에 옮겼다.

조조가 싸우지 않고 방어만 하자 마초와 한수는 교대로 싸움을 걸어왔다. 그러던 어느 날이었다. 한수가 조조군 진영을 살피러 다가오자 멀리서 조조가 그를 불렀다.

"장군, 잠깐 나와 얘기 좀 합시다."

조조는 갑옷도 입지 않은 채 홀로 말을 달려 나왔다. 무슨 일인가 싶어 한수도 주변의 부하들을 물리치고 조조에게 다가갔다.

"무슨 일이냐?"

한수가 말 위해서 물었다.

"장군의 아버지와 나는 함께 벼슬을 시작한 친구였소. 그래, 장군의 나이는 올해 몇이요?"

조조가 엉뚱한 얘기를 꺼내자 한수는 어이가 없었다.

"싸움에 나온 장수의 나이는 왜 묻는 거냐? 썩 돌아가라!"

한수가 화를 버럭 냈다. 조조는 할 수 없이 자기 진영으로 돌아왔다. 한수가 조조와 말을 주고받았다는 소식을 전해 듣자 마초는 고개를 갸웃거렸다.

'음, 이상한 일이로다. 숙부는 왜 조조를 사로잡지 않았을까.'

그런데 그날 밤 더욱 이상한 일이 벌어졌다. 조조의 부하 한 명이 한수의 군막 앞까지 다가와 다음과 같이 소리치고 도망쳤다.

"승상께서 준비를 철저히 하고 기다리시랍니다!"

마초는 화를 내며 한수를 찾아갔다.

"숙부께서는 어찌하여 조조와 내통을 하고 계십니까?"

"내통이라니? 그게 무슨 소린가?"

한수도 화를 벌컥 냈다.

"그렇다면 어째서 조조를 그냥 살려 주셨소?"

"조조가 갑옷도 입지 않고 달려와 얘기를 청했네. 어찌 그를 사로잡을 수 있겠나."

"그렇다면 조조의 군사가 왜 숙부의 막사 앞을 들락거리는 거요?"

"저들이 우리 사이를 갈라놓으려고 속임수를 쓰고 있네."

그러나 마초는 쉽게 의심의 눈초리를 풀지 않았다.

"조조와 내통하는 자가 있다면 누구든 목을 베겠소."

마초는 씩씩거리며 칼을 빼 한수를 찌르려고 했다. 다른 장수들이 필사적으로 말려 한수는 겨우 죽음을 면할 수 있었다. 마초가 돌아가자 한수는 부하들을 불러 놓고 의논했다.

"마초가 용맹하기는 하나 어리석어 조조의 꾐에 빠져 들었네. 이를 어쩌면 좋겠나?"

그러자 부장인 양추가 대답했다.

"마초는 이번 일을 빌미로 또다시 주군을 죽이려고 할 것입니다. 차라리 조조에게 항복하여 명분 없는 이 싸움을 끝내시지요."

오랫동안 싸움에 지친 다른 장수들도 양추의 의견에 찬성했다. 한수는 한숨을 내쉬며 양추를 조조에게 보내 항복의 뜻을 전했다.

"드디어 가후의 작전이 성공했다."

조조는 호탕하게 웃고 양추와 한수에게 큰 벼슬을 내렸다.

한수가 항복했다는 소식을 듣자 마초는 혼자 말을 타고 한수를 찾아갔다. 그때 한수는 자신의 막사 안에서 부장들과 함께 회의를 열고 있었다. 화가 치민 마초는 달려들어 한수를 칼로 내리쳤다. 한수가 재빨리 피했지만 이미 팔 하나가 땅으로 떨어진 뒤였다. 한수의 부하 장수 다섯 명이 마초를 에워싸고 공격했다. 마초는 성난 범처럼 으르렁거렸다. 순식간에 두 장수의 몸이 두 동강났다.

마초가 혼자 혈전을 벌이고 있을 때 마대와 방덕이 군사를 이끌고 달려왔다. 한수는 조조에게 급히 전령을 보내 구원을 요청했다. 수십만이나 되는 조조군이 성난 파도처럼 서량군을 기습했다. 한수와 조조가 연합하여 공격하자 마초는 그들을 당해 내지 못했다. 마초와 마대, 방덕은 각자 뿔뿔이 흩어져 도망쳤다.

"마초의 목을 베어 오는 자에게 후한 상을 내릴 것이다!"

조조는 군사를 보내 계속 그들을 추격하게 했다.

마초는 추격군을 따돌리고 농서 땅으로 사라졌다.

66. 장송과 서촉 지도

　조조가 마초와 싸우는 사이 유비는 착실하게 군사를 길렀다. 그러기는 강동의 손권도 마찬가지였다. 유비와 손권은 조조가 마초를 친 뒤 자신들을 다시 공격할 것이라는 걸 익히 알고 있었다.

　손권은 모사 장굉의 유언에 따라 수도를 건업으로 옮기고 큰 성을 쌓았다. 대륙 동쪽에 위치한 건업은 앞에 장강이 흐르고 있어 적을 막기에 좋았다. 또한 여몽을 시켜 강어귀마다 제

방을 쌓게 했다. 조조군이 배를 대고 강으로 기어오르지 못하게 하기 위해서였다.

형주와 남부 4군을 연이어 차지한 유비는 손권과 어깨를 나란히 할 정도로 세력이 성장했다. 하지만 조조와 대적하기에는 아직 힘이 모자랐다. 유비는 공명의 의견을 받아들여 서촉으로 눈길을 돌렸다. 장강과 황하를 아래위로 두고 대륙 서쪽에 자리 잡은 서촉 41현은 아직 조조와 손권의 손길이 미치지 않는 곳이었다.

고원지대인 서촉은 땅이 기름지고 넓었다. 지형이 험해 쉽게 공격할 수 없는 곳이었다. 서촉의 중심지는 익주였으며 수도는 성도였다. 익주 태수는 유장이었는데, 유장은 겁이 많고 나약한 사람이었다. 유장은 장로와 조조가 서촉을 공격하지 않을까 늘 두려움에 몸을 떨었다.

장로는 한중의 우두머리로, 한중은 서촉 북쪽에 위치한 땅이었다. 마초가 조조에게 패해 도망치자 장로는 크게 놀랐다.

"이제 다음 차례는 한중이 될 것이다."

장로는 대신들을 모아 놓고 대책을 물었다. 이때 염포라는 자가 대답했다.

"한중의 적은 군사로는 조조의 백만 대군을 막을 수 없습니다. 이번 기회에 서촉을 공격하여 땅을 하나로 합치십시오. 서촉 41현을 얻는다면 능히 조조와 맞설 수 있습니다."

장로는 그 말을 옳게 여겨 서촉을 공격할 준비에 들어갔다.

오래지 않아 이 사실은 서촉에 있는 유장에게 전해졌다. 유장은 크게 놀라 급히 대신들을 소집했다.

"장로가 기어이 우릴 공격할 모양이오."

대신들은 꿀 먹은 벙어리처럼 아무런 대꾸도 하지 못했다.

"주군은 너무 걱정하지 마십시오. 제게 좋은 방법이 있습니다."

그때 한쪽 구석에서 소리치며 나서는 사내가 있었다. 유장은 기쁜 얼굴로 그를 바라보았다. 난쟁이처럼 작은 키에 얼굴이 볼품없게 생긴 장송이라는 대신이었다.

"말해 보게."

유장이 마지못해 방법을 물었다. 장송이 침을 튀기며 대답했다.

"중원의 조조는 원소와 원술 형제를 비롯하여 여포와 공손찬을 멸망시킨 영웅 중의 영웅입니다. 속히 조조에게 구원병을 요청하십시오. 그렇게 되면 장로를 막을 수 있을 뿐만 아니라 조조와도 화친을 할 수 있으니 서촉의 두 가지 걱정이 동시에 사라지게 됩니다."

들고 보니 제법 일리가 있는 말이었다.

"그렇다면 속히 조조를 찾아가게."

유장은 장송을 사신으로 삼아 조조가 있는 허창으로 떠나보냈다.

장송이 허창에 도착한 것은 그로부터 며칠 뒤였다. 사신으로 허창에 도착한 장송은 그러나 뜻밖의 상황에 놓이게 되었다. 아무리 조조를 만나려고 해도 만날 수가 없었던 것이다. 조조의 부하들은 키가 작고 못생긴 장송을 가볍게 여겼다. 심지어는 서촉이 어디에 붙은 땅이냐며 놀리는 사람도 있었다.

사흘 만에 장송은 겨우 조조를 만났다.

"북쪽의 장로가 서촉을 침범하여 자기 땅을 만들고자 하니 승상께서는 급히 군사를 내어 저희를 도와주십시오."

장송은 서촉과 한중과의 관계를 자세히 설명해 주었다. 그러나 조조는 장송의 말에 귀를 기울이지 않았다.

"서촉에도 사람이 어지간히 없는 모양이오. 이런 난쟁이를 사신으로 보내다니……."

조조가 옆에 있는 대신들을 쳐다보며 껄껄 웃었다. 다른 대신들도 큰 소리로 따라 웃었다. 조조는 조만간 군사를 내어 서촉과 한중을 빼앗을 생각을 품고 있었다. 때문에 군사를 보내 서촉을 도울 아무런 이유가 없었다.

무안을 당한 장송은 얼굴을 붉히며 황급히 그 앞을 물러났다. 조조는 떠나는 장송을 잡지 않았다. 장송은 안중에도 없다는 듯 술자리를 벌이며 마초와 싸워 이긴 얘기를 주고받을 뿐이었다.

'아아, 내가 사람을 잘못 보았구나……'

장송은 길게 탄식했다. 사실 장송에게 무안을 준 것은 조조의 큰 실수였다. 장송은 유장 밑에서 벼슬을 하고 있었지만 평소 유장을 못마땅하게 여기던 처지였다. 조조에게 구원병을 요청하러 간다는 것은 장송의 핑계였다. 장송은 조조의 군사를 끌어들여 서촉을 조조에게 바칠 계획을 꾸미고 있었던 것이다. 장송은 조조에게 바칠 요량으로 서촉 41현이 자세히 그려진 지도까지 몰래 준비해 온 터였다. 조조에게 박대를 받자장송은 크게 실망했다.

'조조에게 천하를 통일할 기회를 주고자 했거늘 이젠 틀렸다. 이렇게 된 바엔 차라리 형주 유황숙을 찾아가자.'

장송은 형주로 발길을 돌렸다.

장송이 허창을 떠났다는 소식을 듣자 공명은 준비를 서둘렀다. 공명은 장송이 어떤 목적으로 허창을 찾았는지 이미 짐작

하고 있었다. 장송이 서촉을 바치기 위해 조조를 시험했지만 조조는 그 시험을 통과하지 못했다. 형주에 와서도 장송은 공명이나 유비를 시험할 것이 뻔한 일이었다.

공명은 유비에게 장송의 방문 목적을 자세히 일러 주고 그가 오기를 기다렸다. 며칠 뒤 장송이 형주성 수십 리 밖에 도착했다는 소식이 전해졌다. 공명은 유비, 방통과 함께 군사 수백 명을 이끌고 장송을 마중 나갔다.

"아니, 저건 유황숙의 깃발이 아닌가?"

다가오는 행렬을 보자 장송은 깜짝 놀랐다.

유비는 말에서 내려 절을 올리고 장송을 극진히 맞아들였다. 좌우에 서 있던 공명과 방통도 장송에게 예의를 갖추었다. 뿐만 아니라, 유비 뒤에 서 있던 관우와 장비, 조자룡 같은 쟁쟁한 장수들이 모두 일제히 절을 올리는 게 아닌가.

'나 같은 위인을 이렇게 마중 나오다니, 과연 유황숙은 어진 분이 틀림없군.'

장송은 크게 감격했다.

"지나가는 길에 인사나 하자고 들른 것인데 이렇게 환대를 해 주시니 뭐라고 감사를 드려야 할지 모르겠습니다."

장송은 본심을 숨기고 절을 꾸벅 했다.

"마음껏 쉬어 가시지요."

유비는 몸소 장송을 성으로 안내하고 후하게 잔치를 베풀었다.

"작은 나라의 사신에 불과한 저를 어찌하여 이리 후하게 대접하십니까?"

장송이 유비를 떠볼 생각으로 물었다.

"사신을 대하는 일에 어찌 큰 나라, 작은 나라가 있을 수 있습니까? 제게는 다 같이 귀한 사신일 뿐입니다."

장송은 속으로 더욱 크게 감격했다.

'역시, 내가 이곳으로 오길 잘했다. 서촉 41현을 유황숙에게 주고 골칫거리인 한중의 장로를 치게 한다면 만백성의 근심이 사라질 것이다.'

사흘 째 되는 날 마침내 장송은 자신의 본심을 얘기했다.

"유황숙은 어찌하여 제가 이곳에 온 목적을 묻지 않으십니까?"

유비가 모르겠다는 얼굴로 물었다.

"지나가다 들렀다 하지 않았습니까?"

"허허, 정말 모르시겠습니까?"

장송은 서촉을 떠날 때 데리고 왔던 하인을 들어오게 했다.

하인이 등에 메고 있던 봇짐에서 무엇인가를 꺼내 조심스럽게 내밀었다.

"이게 무엇입니까?"

옆에 있던 방통이 눈을 동그랗게 뜨고 물었다.

"이건 서촉 41현이 자세히 그려진 지도요. 황숙께서 베풀어 주신 은혜에 보답 드리고자 이 지도를 드릴까 합니다. 부디 제 숨은 의도를 잘 헤아려 주십시오."

유비는 별다른 표정 없이 장송이 건넨 지도를 펼쳤다. 얇은 종이에 붓으로 촘촘히 그린 지도였다. 촉나라로 들어가는 길의 위치와 강과 산의 경계, 군사의 배치 상황이 자세히 그려져 있었다.

지도를 보고도 유비가 반응을 보이지 않자 장송은 몸이 달았다.

"군사를 이끌고 서촉으로 들어오십시오. 이 지도 한 장이면 능히 서촉을 차지할 수 있을 것입니다."

이번에는 공명이 태연하게 물었다.

"어찌하여 형주 군사를 서촉으로 불러들이려 하십니까?"

장송이 답답하다는 듯 자기 가슴을 주먹으로 쳤다.

"북쪽에는 조조가 있고 남쪽에는 손권이 있습니다. 언제까

지 이 좁은 형주 땅에 머물 생각이십니까? 서쪽으로 눈을 돌리십시오. 서촉을 차지하여 한중을 아우르고 조조, 손권과 더불어 천하를 논하십시오."

장송의 말은 공명의 생각과 크게 다르지 않은 것이었다. 가만히 듣고 있던 공명과 방통은 속으로 회심의 미소를 지었다.

"그렇다고는 해도 무작정 서촉으로 군사를 움직일 수는 없는 일이지요."

유비는 짐짓 고개를 저었다. 장송이 눈을 빛내며 바싹 다가앉았다.

"곧 장로가 서촉을 공격할 것입니다. 그러면 유장은 형주로 구원병을 요청하겠지요. 정당하게 군사를 움직일 절호의 기회가 아니고 무엇이겠습니까?"

유비는 마지못해 허락했다.

"음, 그렇다면 한번 생각을 해보겠습니다……."

장송의 표정이 환하게 밝아졌다.

"서촉으로 돌아가 기다리겠습니다. 장로가 언제 군사를 일으킬지 모르니 서둘러 주십시오."

장송은 유비에게 절을 올린 뒤 작별을 고했다. 공명은 관우를 시켜 장송을 백 리 밖까지 호위하게 했다.

장송이 돌아가자 유비는 길게 한숨을 내쉬었다.

"무슨 걱정이라고 있으십니까?"

방통이 유비의 마음을 달랠 생각으로 물었다.

"유장은 나와 친척지간일세. 어찌 그를 속이고 서촉을 빼앗을 수 있단 말인가?"

유비는 마음이 괴로웠다.

"우리 주군은 마음이 약하시군요. 작은 것을 보지 말고 큰 것을 보십시오. 우리가 서촉을 차지하지 않으면 장로나 조조의 차지가 될 것입니다. 그 전에 주군이 그 땅을 맡아 널리 백성을 이롭게 하십시오."

방통의 말에 유비는 그제야 얼굴을 밝게 폈다.

67. 칼춤을 추는 위연

때는 건안 16년 가을이었다.

익주에 당도한 장송은 집에서 하루 쉬고 다음 날 유장을 찾아 갔다. 장송이 오기만을 손꼽아 기다리던 유장이 급히 물었다.

"그래, 일은 어떻게 되었나?"

장송은 조조가 자신을 업신여겼던 일과 형주로 가서 유비를 만난 일을 낱낱이 고했다.

"유황숙이라면 한실 종친이 아닌가? 당장 구원병을 요청하게."

유장은 형주로 전령을 보내라고 대신들에게 명령했다.

"그것은 아니 될 일입니다!"

그때 큰 목소리로 반대하는 사람이 있었다. 장송은 깜짝 놀라 소리가 난 방향을 바라보았다. 그는 황권이라는 충신이었다.

"태수께서는 어찌하여 범을 서촉으로 불러들이려 하십니까? 유비를 불러들이면 서촉을 고스란히 빼앗기게 됩니다."

"그게 무슨 소리인가? 유황숙은 나와 종친 관계일세. 결코 남의 땅이나 빼앗을 인물이 아닐세."

유장이 얼굴을 찌푸리며 황권을 나무랐다. 그러자 또 한 사람이 벌떡 몸을 일으켰다.

"유비 곁에는 와룡과 봉추가 있고 호랑이 같은 장수가 10여 명에 이릅니다. 그를 이곳으로 불러들이면 많은 백성들이 그를 따를 것이니 서촉은 자연스럽게 유비의 차지가 되고 말 것입니다. 신중을 기해 주십시오."

종사관 왕루가 꿇어 엎드려 간청했다.

"조조나 장로가 대군을 이끌고 온다면 그때는 어찌하겠는가?"

유장이 성난 얼굴로 물었다. 대신들은 꿀 먹은 벙어리처럼 아무도 대답하지 못했다.

결국 유비에게 도움을 요청하기로 결론이 내려졌다. 전령으로 정해진 사람은 법정이었다. 장송은 살며시 그를 찾아가 유장의 운이 다했으니 유황숙을 받아들여 서촉을 안전하게 지키자고 설득했다. 법정은 장송과 뜻을 같이하기로 맹세하고 형주로 떠났다.

법정이 당도하자 유비는 잔치를 열어 환영했다. 법정 또한 장송과 마찬가지로 속히 군사를 일으킬 것을 건의했다.

"드디어 때가 왔습니다."

공명이 유비에게 나직이 말했다. 그러나 유비의 표정은 어두웠다.

"우리가 서촉으로 간 사이에 형주가 무사할까 걱정이오."

"마땅히 군사를 나누어야지요. 주군의 명에 따르겠습니다."

"그렇다면 공명 군사께서 관우, 장비, 조자룡 등 세 장수와 함께 이곳에 남아 주시오. 나는 방통 군사와 함께 황충, 위연을 데리고 서촉으로 가겠소."

유비는 무엇보다 형주를 중요하게 생각했다. 공명을 비롯해 자신이 아끼는 세 장수를 형주에 남긴 것은 그런 이유에서였다.

"좋습니다. 형주는 걱정하지 마시고 속히 떠나시지요."

공명도 유비의 의견에 찬성했다.

유비는 군사를 거느리고 서촉으로 길을 떠났다. 황충으로 하여금 선봉을 맡게 하고 후방은 위연에게 맡겼다. 유비는 유봉, 관평과 함께 스스로 중군이 되었다. 가려 뽑은 군사 5만이 창검을 높이 들고 그들을 따랐다.

얼마 가지 않아 맹달이 군사 5천을 이끌고 그들을 마중 나왔다. 맹달 역시 장송과 뜻을 같이하기로 맹세한 서촉 장수였다.

유비가 온다는 소식을 듣자 유장은 친히 말을 타고 성문 밖으로 나왔다. 그때 무릎을 꿇고 유장을 막아서는 신하가 있었다.

"이대로 가시면 주군의 목숨이 위험하옵니다. 속히 간신 장송의 목을 베고 유비와의 관계를 끊으십시오."

그는 종사관 왕루였다.

"못난 사람, 어째서 우릴 도와주러 오는 군대를 무서워하는가?"

유장은 왕루를 지나쳐 그대로 말을 몰았다.

"차라리 저를 죽이고 가십시오."

왕루가 목 놓아 통곡했지만 유장은 듣지 않았다.

"아, 서촉의 운명이 드디어 다했구나."

길게 탄식한 뒤 왕루는 칼을 꺼내 자결했다.

유장은 군사 3만을 거느리고 부성까지 나가 형주군을 기다렸다. 부성은 서촉의 수도인 성도에서 3백 리 떨어진 곳에 있었다.

유장이 마중 나왔다는 소식을 듣자 방통은 회심의 미소를 지었다. 방통이 중군에 있는 유비를 찾아와 말했다.

"내일 환영 잔치가 열리는 것을 신호로 유장의 목을 베겠습니다. 그 기세를 몰아 성도로 진군한다면 손쉽게 서촉을 얻을 수 있을 것입니다. 주군께서 술잔을 던져 신호를 하십시오."

유비는 한숨을 내쉰 뒤 무겁게 고개를 끄덕였다.

다음 날 유비가 이끄는 형주군은 부성에 도착했다. 유장은 대신들과 함께 성문 밖에 나와 유비를 맞이했다. 유비의 어진 모습을 보자 유장은 모든 긴장이 일시에 풀렸다. 숙소로 유비를 안내한 뒤 유장은 눈물을 흘리며 자신이 처한 어려움을 호소했다. 그러면 그럴수록 유비의 마음은 무거워만졌다.

이윽고 성대한 잔치가 열렸다. 풍악이 울리고 맛있는 음식이 산더미처럼 차려졌다. 형주의 여러 장수들과 유장의 부하들이 한데 어울려 술을 마시며 앞날을 의논했다.

방통은 초조하게 유비가 술잔을 던지길 기다렸다. 유비가 술잔을 던지는 것을 신호로 유장을 죽일 계획이었다. 그러나 어찌 된 일인지 유비는 술만 마셨다. 방통과 눈이 마주쳐도 못

본 채 고개를 돌릴 뿐이었다.

'주군이 차마 유장을 죽일 수 없어 망설이는 모양이군.'

방통은 한 가지 꾀를 내어 위연의 귀에 대고 속삭였다.

"칼춤을 추는 척하다가 유장의 목을 베시오. 뒷일은 우리가 책임지겠소이다."

분위기가 무르익자 위연이 칼을 빼 들고 유비 앞으로 나아갔다.

"분위기가 밋밋하군요. 제가 칼춤을 추어 흥을 돋우겠습니다."

유장과 술잔을 주고받던 유비는 별생각 없이 허락했다.

위연은 칼을 빼 들고 덩실덩실 춤을 추기 시작했다. 그런데 칼춤을 추는 모양이 어딘지 이상했다. 기회를 보며 자꾸만 유장 근처로 접근했던 것이다.

'우리 주군이 위험하다!'

서촉 장수들은 얼굴이 하얗게 질렸다.

"칼춤에는 짝이 있어야 하지요. 제가 맞춤을 추겠습니다."

촉의 장수 장임이 자신도 칼을 빼들고 위연 앞에 섰다. 덩실덩실 춤을 추는 척하며 장임은 교묘하게 위연의 칼을 막아 냈다. 그것을 보고 있던 유봉이 자신도 칼을 빼 들고 춤판에 가담했다. 유봉이 장임의 칼을 막는 사이 위연은 슬그머니 유장

에게 접근했다. 그러자 촉나라 장수 냉포와 유괴가 동시에 칼을 빼들고 일어섰다.

"이게 무슨 짓들인가?"

그 모양을 바라보던 유비가 버럭 소리를 질렀다. 깜짝 놀란 유장도 급히 자기 부하들을 나무랐다. 어색하던 분위기는 겨우 수습되었다. 유비가 다시 소리쳤다.

"유 태수와 나는 뼈와 살을 함께 나눈 황실 친척 간이다. 어떠한 일이 있어도 유 태수를 해치지 않을 것이다."

유비의 말은 진심이었다. 부하들이 유장을 죽일 계획을 꾸미고 있었지만 유비는 아직도 마음의 결정을 내리지 못한 상태였다. 유장을 죽이려던 방통의 계획은 결국 실패로 돌아갔다.

그날 저녁, 촉나라 대신들은 막사로 돌아가지 않고 유장을 찾아갔다.

"위연이라는 장수는 칼춤을 추며 태수님을 죽이려고 했습니다. 어서 성도로 돌아가 대책을 마련하십시오."

유괴가 엎드려 간청했다. 유장은 그런 대신들을 타일렀다.

"설령 그런 일을 계획했다고 해도 그 부하들이 저지른 일이지 유황숙의 뜻이 아닐걸세. 일단 저들을 잘 달래서 장로를 막는 일이 시급하네."

그때 북쪽으로부터 말을 타고 전령이 달려왔다. 전령은 피투성이가 된 얼굴로 유장 앞에 꿇어 엎드렸다.

"큰일 났습니다. 장로의 대군이 가맹관으로 쳐들어오고 있습니다."

전령은 숨을 거칠게 몰아쉬었다. 가맹관은 익주 서북쪽에 있는 서촉의 군사 요충지였다.

"드디어 한중의 장로가 움직이기 시작했군."

일순간 유장의 얼굴이 창백해졌다. 괴도가 아뢰었다.

"어서 유비에게 장로를 치게 하십시오. 두 나라 군대가 싸우면 유비의 군사도 적지 않게 죽고 다칠 것입니다. 그렇게 된다면 유비도 다른 마음을 먹지 못할 것 아니겠습니까?"

유장은 사람을 보내 유비에게 장로의 침략을 알렸다. 옆에 있던 방통이 유비의 귀에 대고 속삭였다.

"일이 이렇게 된 이상 장로부터 정리해야 될 것 같습니다. 장로를 물리치면 우리에게도 명분이 생기게 되지요. 그 여세를 몰아 성도로 진입하십시오."

유비는 날이 밝는 즉시 대군을 휘몰아 가맹관으로 떠났다. 유비가 떠나자 대신들이 유장에게 이구동성으로 간했다

"싸움이 끝난 뒤 유비는 군사를 돌려 성도로 진입할 것입니

다. 부수관을 굳게 방비하십시오."

유장은 양회와 고패, 두 장수에게 군사를 주어 부수관을 지키게 하고 성도로 돌아갔다.

한편, 유비의 대군을 만나자 장로는 깜짝 놀랐다. 형주 군사가 나타나리라고는 생각도 못한 일이었다. 장로군은 지형이 험한 곳에 자리 잡고 연일 방어만 했다. 장로가 싸울 생각을 하지 않으니 유비도 어쩔 도리가 없었다. 가맹관을 굳게 지키며 장로군이 국경을 넘어오지 못하게 막을 뿐이었다.

소득 없이 시간만 흐르자 방통이 유비에게 건의했다.

"이대로 시간을 끌면 우리에게 불리합니다. 유장에게 편지를 보내 군사 삼만 명과 군량미 십만 석을 빌려 달라고 하십시오."

식량이 떨어지고 있던 상황이라 유비도 별도리가 없었다. 곧 전령을 성도로 보내 군사와 식량을 요청했다. 유장은 대신들을 불러 의논했다.

"형주 군사들이 지친 모양이오. 식량과 군사를 보태 주고 싶은데 공들의 의견은 어떻소?"

장송과 법정, 맹달 등은 그 말에 즉각 찬성의 뜻을 나타냈다. 그러나 양회, 유파, 황권 등 다른 대신들의 의견은 달랐다.

"유비는 장로와 싸움을 벌이지 않고 시간만 끌고 있습니다.

장로가 물러가면 곧장 성도를 공격할 것입니다."

양회의 말이 끝나자 유파가 아뢰었다.

"유비는 이리 같은 자입니다. 그에게 군사와 식량을 빌려 준다는 것은 범에게 먹이를 주는 것과 다를 게 없습니다."

"그렇다고 청을 거절할 수도 없는 일 아니오?"

유장이 망설이자 이번에는 황권이 나섰다.

"묵은 쌀 1만 석과 늙은 군사 4천 명을 보내십시오."

유장은 황권의 말에 따라 늙은 군사 4천을 뽑은 뒤, 쌀 1만 석을 수레에 실려 가맹관으로 보냈다. 그들이 도착하자 유비는 벌컥 화를 냈다.

"내가 유장을 잘못 보았군. 서촉을 구하기 위해 먼 길을 달려왔거늘 어찌 식량과 군사를 아긴단 말인가?"

유비는 그 자리에서 편지를 북북 찢어 버렸다. 모든 게 자신의 계획대로 돌아가자 방통이 시치미를 떼고 말했다.

"유장이 주군을 경계하고 있음이 분명합니다. 일이 이렇게 된 이상 세 가지 계책 중에 하나를 선택하여 속히 실행하십시오."

"세 가지 계책이라니 그게 무엇이오?"

"첫째는 곧장 서촉의 중심지인 성도로 쳐들어가는 것입니다. 둘째는 부수관을 지키고 있는 고패와 양회를 격파한 뒤 성

도를 공격하는 일이며, 셋째는 형주로 돌아간 뒤 다시 기회를
엿보는 일입니다."

"음……."

유비는 길게 탄식했다.

"아무래도 두 번째 방법이 제일 현명해 보이네. 즉각 군사를
움직이세."

"그렇다면 좋은 방법이 있습니다. 지금 즉시 전령을 유장에
게 보내 형주로 돌아간다고 하십시오. 그러면 부수관에 있는
양회와 고패가 배웅을 나올 것입니다. 그때 두 장수의 목을 베
고 부수관을 점령하십시오. 양회와 고패는 촉나라의 이름난
장수들입니다. 두 사람을 제거하면 일이 한결 수월해질 것입
니다."

그러나 이때 성도에서는 뜻밖의 일이 발생했다. 장송이 유
비에게 은밀히 보냈던 편지가 중간에 발각되었던 것이다. 장
송은 유비가 가맹관에서 세월을 허비하자 편지를 보내 속히
성도를 공격하라고 충고했다.

편지를 본 유장은 몸을 부르르 떨었다.

"내가 유비에게 속고 있었군."

유장은 긴 잠에서 깨어난 사람처럼 중얼거렸다. 유장은 사람

을 보내 장송을 잡아들인 뒤 목을 베게 했다. 그리고 부수관으로 사람을 보내 고패와 양회에게 유비를 죽이라고 명령했다.

유비와 방통은 이런 사실을 까맣게 모르고 있었다. 유비가 군사를 거두어 부수관 근처에 이르렀을 때였다. 갑자기 세찬 바람이 불어와 유비를 상징하는 대장기가 부러졌다. 유비는 깜짝 놀라 방통을 불렀다.

"깃발이 부러졌네. 이게 무슨 변괴인가?"

방통이 빙그레 웃으며 대답했다.

"고패와 양회가 주군의 목숨을 노리고 있음을 뜻합니다. 하늘이 주군의 목숨을 구해 주셨군요."

방통은 황충과 위연을 불러 무엇인가 지시를 내렸다.

부수관에 다다르자 고패와 양회가 웃는 얼굴로 마중을 나왔다.

"수고가 많습니다."

유비는 태연하게 고패와 양회에게 인사를 건넸다.

"안으로 드시지요."

고패와 양회는 유비를 성안으로 안내한 뒤 잔치를 베풀어 위로했다. 그들은 소매 사이에 날카로운 단검을 감추고 있었다. 유비는 아무런 의심 없이 그들이 주는 술잔을 받아 마셨다. 한참 뒤 유비는 술에 취해 들고 있던 잔을 떨어뜨렸다. 그러자 고패가 기회를 놓치지 않고 벌떡 일어났다.

"유비는 내 칼을 받아라!"

양회도 지지 않고 소리쳤다.

"너는 어찌하여 서촉을 빼앗으려 하느냐?"

그들은 소매 사이에 감추었던 단검을 꺼내 유비를 찌르려고 했다. 바로 그때였다.

"이놈들!"

갑자기 병풍 뒤에서 천둥 치듯 호통 소리가 들렸다. 고패와 양회는 깜짝 놀라 그쪽을 바라보았다. 황충과 위연의 칼이 번쩍 하고 빛을 발했다. 고패와 양회는 뒤를 돌아보던 자세 그대로 목이 날아갔다.

고패와 양회가 죽자 나머지 서촉군은 싸울 힘을 잃고 항복했다. 유비는 그들을 안심시킨 뒤 자신을 도와 장로와 조조를 막아 내자고 설득했다. 평소 유비의 어진 인품을 존경하던 서촉군은 유비에게 충성을 맹세했다.

68. 방통, 낙봉파에서 죽다

유장은 믿었던 양회와 고패가 허무하게 죽자 크게 놀랐다.

"아, 지난날 나를 위해 죽어간 왕루가 생각나는구나. 그때 말을 들었더라면 오늘날 이런 치욕을 당하지는 않았을 것을……"

유장이 눈물을 흘리자 황권이 위로했다.

"너무 걱정하지 마십시오. 아직 우리에겐 수만 명의 군사가 남아 있습니다. 성도로 진입하기 위해서는 반드시 낙성을 지나야 합니다. 군사들을 그곳으로 보내 철통같이 지키며 시간을 끌게 하십시오."

달리 방법이 없었다. 유장은 유괴, 냉포, 장임, 등현 등 네 장수에게 군사 5만을 주어 낙성으로 보냈다.

낙성은 성도와 부성의 중간에 위치했다. 낙성에 도착한 네 장수는 군사를 정비하고 싸울 준비에 들어갔다. 유괴와 장임은 성곽 안에 남고 냉포와 등현은 군사 2만을 이끌고 성문 밖으로 나갔다. 앞뒤에서 유비군을 공격할 생각이었다.

냉포와 등현이 진을 친 곳은 성에서 60리 떨어진 바위산이었다. 그곳은 산이 험해 군사 한 명으로 능히 수백 명을 상대할 수 있는 천혜의 요충지였다.

낙성 부근에 이른 유비는 장수들을 모아 놓고 말했다.

"낙성을 치기 위해서는 먼저 바위산을 공격해야 하오. 누가 이 일을 해 보겠소?"

그러자 노장 황충이 나섰다.

"주군을 받들어 모신 이후 신은 한 번도 공을 세우지 못했습니다. 이 늙은이에게 기회를 한번 주십시오."

유비는 흔쾌히 승낙했다.

"좋소. 속히 가서 냉포와 등현의 목을 베시오."

옆에 있던 위연이 벌떡 일어났다.

"황충 장군은 나이가 들어 냉포와 등현을 당할 수 없을 것이오. 이 위연에게 기회를 주십시오."

그 말을 듣자 황충은 버럭 소리를 질렀다.

"늙은이라고? 함부로 나를 무시하다니 도저히 용서할 수 없다. 그렇다면 나와 싸워 이기는 자가 선봉에 서도록 하자."

황충이 칼을 빼 들자 위연도 지지 않고 소리쳤다.

"흥, 좋습니다. 이번 기회에 누가 강한지 어디 겨루어 봅시다."

지켜보고 있던 방통이 황급히 두 사람 사이를 가로막았다.

"허허, 두 분 다 참으시지요. 적을 코앞에 두고 우리끼리 싸워서야 되겠습니까?"

두 사람이 씩씩거리며 떨어지자 방통이 넌지시 얘기했다.

"냉포와 등현은 지금 군사를 반으로 나누어 바위산에 진을 치고 있소. 두 장수가 각각 한 사람씩 맡아 공격하시오."

"각자 공격할 장수를 지목해 주시오."

황충이 노여움을 풀고 말했다.

"위 장군은 등현을 맡고 황 장군은 냉포를 처리하시오. 날이 어두워지길 기다렸다가 기습을 하면 큰 성과를 거둘 수 있을 것이오."

황충과 위연은 고개를 끄덕였다. 두 장수가 물러가자 방통이 유비를 돌아보며 말했다.

"두 사람이 서로 공을 다투니 아무래도 위험합니다. 주군께서 뒤를 받쳐 주시지요."

"나도 그 점이 걱정스럽소."

유비는 유봉과 관평을 불러 황충과 위연을 돕게 했다.

황충과 위연은 각자의 진지로 돌아가 적진으로 출발했다. 그러나 위연은 누구보다 욕심이 많은 장수였다.

'황충보다 먼저 출발하여 재빨리 냉포를 죽이고 등현을 공격하자. 그렇게 하면 모든 공을 내가 세울 수 있을 것이다.'

새벽이 되자 위연은 부하 장수들에게 명령했다.

"왼쪽 산기슭에 있는 냉포의 진영을 먼저 공격하라!"

군사들은 말에 방울을 떼어 내고 입에 재갈을 물린 뒤 적진으로 다가갔다. 그러나 냉포와 등연은 이미 형주군의 기습을 눈치 채고 있었다. 아무것도 모르는 위연이 냉포의 진영 앞에 도착했을 때였다.

"죽여라!"

사방에서 서촉 군사들이 까맣게 몰려나왔다. 기습을 하려다가 오히려 기습을 당한 꼴이었다. 위연의 군사들은 제대로 싸우지도 못한 채 후퇴하기 바빴다. 산을 다 내려오자 또다시 한 떼의 군사들이 위연을 가로막았다. 오른쪽 산기슭에 진을 쳤던 등현의 군사였다.

"이놈!"

위연은 등현을 사로잡을 생각으로 말 머리를 휙 돌렸다. 그러나 날이 어두워 타고 있던 말이 발을 헛디디고 말았다. 위연은 들고 있던 칼을 떨어뜨린 채 바닥으로 곤두박질쳤다. 등현이 좋은 기회를 놓칠 리 없었다. 등현은 위연을 한 창에 찔러 죽일 생각으로 말을 달려왔다. 등현의 창이 위연을 막 찌르기 직전이었다.

'피융!'

어디선가 바람을 가르며 화살이 날아왔다. 화살은 등현의 등을 보기 좋게 꿰뚫었다. 동시에 한 장수가 범처럼 달려오며 소리쳤다.

"여기 황충이 있다. 모두 물러나라!"

황충 덕분에 위연은 가까스로 목숨을 구했다.

등현이 죽자 냉포는 군사를 거두어 자기 진영으로 도망쳤다. 냉포가 바위산을 거의 다 올라갔을 때였다. 진영 안에서 난데없이 한 떼의 군사가 쏟아져 나왔다. 자세히 바라보니 그는 다름 아닌 유비였다.

"냉포는 무얼 그리 놀라는가? 집이 비어 있어 내가 차지했네."

냉포가 등현을 구원하러 나간 사이 유비가 진영을 빼앗아 버린 것이었다. 얼이 빠진 냉포는 급히 군사를 거두어 계곡 아래로 도망쳤다.

"어딜 도망가느냐?"

냉포가 계곡을 벗어나 10리쯤 달렸을 때였다. 위연이 기를 쓰고 냉포를 쫓아왔다. 마침내 두 장수는 한 덩어리가 되어 싸움을 벌였다. 그러나 냉포는 위연의 상대가 되지 못했다. 불과 10합 만에 사로잡히는 꼴이 되고 말았다.

위연이 나타나자 유비는 큰소리로 꾸짖었다.

"명령을 따르지 않고 어쩌자구 멋대로 행동했는가? 황충이 아니었다면 목숨을 잃을 뻔하지 않았는가?"

위연은 부끄러움으로 얼굴이 빨개졌다.

"죽을 죄를 지었습니다."

위연은 황충과 유비에게 자신의 죄를 사과했다.

"냉포를 사로잡았으니 특별히 죄를 묻지 않겠소. 오늘 이후에는 반드시 군령에 따라 싸움에 임하시오."

유비는 너그럽게 위연을 용서했다.

유비는 사로잡은 냉포의 결박을 풀어 주고 물었다.

"목숨을 아깝게 여겨 그대를 살려 줄 생각이네. 그 대가로 내게 무엇을 줄 텐가?"

유비가 자신을 풀어 주자 냉포는 짐짓 감격했다.

"저를 살려 주신다면 낙성으로 돌아가 유괴와 장임을 설득하겠습니다."

그러나 그 말은 냉포의 거짓말이었다. 낙성으로 돌아간 냉포는 군사를 이끌고 또다시 공격해 왔다.

"제게 맡겨 주십시오."

위연은 말을 타고 달려 나가 이번에도 냉포를 사로잡았다.

"너는 항복을 해 놓고 왜 약속을 지키지 않느냐?"

유비는 화를 내며 냉포의 목을 베게 했다. 냉포와 등현이 죽었다는 소식을 듣자 유장은 사돈인 오의에게 군사 2만을 주어 낙성으로 보냈다.

유비와 방통은 군사를 정돈하고 낙성으로 진격했다. 평소 유비를 존경하던 팽양과 맹달, 법정 같은 촉나라 신하들이 군사를 이끌고 달려와 유비군에 합류했다.

유비가 낙성을 공격하기 하루 전날이었다. 형주에서 전령이 유비를 찾아왔다. 안 그래도 형주 소식이 궁금하던 터라 유비는 서둘러 공명이 보낸 편지를 뜯었다.

> 형주는 편안하니 주군께서는 염려하지 마십시오
> 다만 한 가지 걱정이 있어 이렇게 편지를 띄웁니다
> 제가 밤에 별자리를 보니 붉은 별 하나가
> 주군이 계신 서촉 하늘로 떨어졌습니다
> 이것은 낙성에서 누군가 죽거나 다친다는 것을 의미합니다
> 아무쪼록 몸조심하십시오

"공명은 멀리서도 우리 걱정을 하고 있군."

편지를 다 읽고 난 유비는 멀리 떨어진 형주를 생각했다. 유비는 방통을 불러 공명의 편지를 보여 주었다.

"우리 장수 중에 누군가 상한다 하니 이를 어찌하면 좋겠소?"

편지를 읽은 방통은 기분이 나빠졌다. 자신이 있는데도 공명이 먼 곳의 일을 일일이 참견했기 때문이다.

"주군께서는 너무 걱정하지 마십시오. 이미 낙성에서 적의 두 장수, 등현과 냉포가 죽지 않았습니까? 이제 흉조는 사라진 셈입니다. 망설이지 말고 속히 낙성을 치십시오."

불길한 예감이 들었지만 방통의 말을 따를 수밖에 없었다.

"그렇다면 속히 낙성을 깰 비책을 마련해 주시오."

방통은 가지고 있던 지도를 펼쳐 들었다.

"낙성은 길이 험해 공격하기가 매우 어렵습니다. 그러나 낙성을 차지하면 성도를 빼앗는 일은 식은 죽 먹기나 다름없지요."

"길은 어떻소?"

"낙성에 이르는 길은 남쪽과 북쪽 두 군데가 있습니다. 제가 위연을 선봉으로 삼아 남쪽의 작은 길로 나아가겠습니다. 주군께서는 황충을 선봉으로 삼아 북쪽 큰길로 나아가십시오. 그런 다음 동시에 들이쳐야 합니다. 각각 1만 군사를 이끌고 가시되 부성은 유봉과 관평으로 하여금 형주군 주력 삼만을 이끌고 지키게 하십시오."

그러나 유비는 고개를 가로저었다.

"내가 좁은 길로 가겠소. 군사는 큰길로 가서 동쪽 문을 공격하도록 하시오. 나는 남쪽 좁은 길로 가 서문을 치겠소."

방통은 듣지 않았다.

"큰길에는 반드시 적이 매복해 있을 것입니다. 주군께서 큰길로 가십시오."

방통은 유비를 편한 길로 가게 하고 싶었다. 유비는 유비대로 좁고 험한 길로 방통을 보내는 게 마음에 걸렸다.

"아무래도 꿈자리가 좋지 않소. 내가 좁은 길로 가겠소."

그러나 방통은 끝내 자신의 뜻을 굽히지 않았다. 유비는 할 수 없이 큰길을 택했다. 그런데 방통이 말에 올라 막 출발하려고 할 때였다.

"히잉!"

방통이 탄 말이 갑자기 공중으로 뛰어올랐다. 그 바람에 방통은 말 위에서 거꾸로 떨어졌다.

"군사가 탄 말이 몹시 사납구려. 내 말을 타고 가시오."

유비는 자신이 타고 있던 백마의 고삐를 방통에게 넘겼다.

"주군의 크신 은혜에 감사할 따름입니다."

방통은 감격하며 말고삐를 잡았다.

"싸움을 앞두고 이런 일이 일어나다니 아무래도 불길하오. 전투를 내일로 미루는 게 어떻겠소?"

공명의 편지가 생각나 유비는 마음이 편치 않았다.

"이런 하찮은 일로 큰일을 미룬다면 어찌 대업을 이룰 수 있겠습니까?"

방통은 한사코 고개를 흔들었다. 유비로서도 어쩔 수 없는 일이었다.

"부디 몸조심하시오."

말을 바꾸어 탄 방통과 유비는 각각 남쪽과 북쪽으로 길을 떠났다.

한편, 형주군이 둘로 나누어 쳐들어온다는 소식을 듣자 유괴와 장임은 손뼉을 쳤다.

"이것은 하늘이 내린 기회요. 남쪽 작은 길에 군사를 매복하면 십중팔구 유비를 사로잡을 수 있을 것이오."

장임은 근처 지리에 매우 밝은 장수였다. 남쪽 좁은 길로 달려간 장임은 절벽 위에 군사를 감춘 뒤 화살 쏘는 군사를 맨 앞에 배치했다.

시간이 흐르자 과연 형주군이 모습을 드러냈다. 장임은 부하들에게 작은 목소리로 지시했다.

"저건 위연이라는 장수다. 유비는 백마를 타고 있으니 그 뒤에 오는 장수를 공격하라!"

장임의 목적은 유비를 죽이는 일이었다. 장임은 위연이 이끄는 선봉 부대를 그대로 보냈다. 잠시 후 많은 형주군이 모습을 드러냈다. 방통이 이끄는 중군이었다.

"저기 유비가 오고 있습니다."

서쪽 군사 하나가 하얀 말을 가리키며 장임에게 보고했다. 그 군사는 전에 유비가 흰 말을 타고 싸우는 것을 본 적이 있

었다. 장임은 눈을 크게 뜨고 계곡 아래를 살폈다.

"음, 정말 유비가 틀림없구나."

유비를 한 번도 본 적이 없는 장임은 그 군사의 말을 믿을 수밖에 없었다.

"유비만 죽이면 이번 싸움은 끝난다. 모두 활에 살을 먹이고 일제히 흰 말을 겨누어라!"

장임이 부하들에게 작은 소리로 명령했다. 수백 명의 궁수들이 일제히 계곡 아래로 활을 겨누고 유비가 가까이 오기만을 기다렸다.

때는 늦은 여름이었다. 군사를 이끌고 위연의 뒤를 따르던 방통은 이상한 생각에 퍼뜩 걸음을 멈추었다. 고개를 들어 바라보니 양쪽 계곡이 너무 깊었다. 계곡 사이로 작은 길이 끝없이 이어져 있었다.

'만약 저 계곡 양쪽에 매복이 있다면 꼼짝없이 당할 것이다.'

방통은 불길한 생각이 들어 군사들에게 물었다.

"저 계곡 이름이 무엇인가?"

항복한 촉군 하나가 대답했다.

"낙봉파라고 합니다."

방통은 얼굴이 하얗게 변했다.

'거 참 이상하다. 내 호가 봉추인데 이곳 이름이 낙봉파라니. 그렇다면 내가 이곳에서 죽는다는 얘기가 아닌가?'

방통이 급히 군사들에게 소리쳤다.

"매복이 있을지 모르니 모두 후퇴하라!"

방통이 손을 번쩍 들어 군사들에게 명령했다. 하지만 그것은 방통이 스스로의 죽음을 자초한 신호였다. 방통이 손을 들기 무섭게 계곡 위에서 수백 발의 화살이 비 오듯 쏟아졌다. 오로지 방통 한 명만을 겨냥한 화살이었다. 방통은 자신이 탄말과 함께 고슴도치가 되어 쓰러졌다.

"아……."

방통은 짧게 신음을 내뱉고 숨을 거두었다.

69. 남은 자와 떠나는 자

산 위에 있던 장임은 신이 났다.

"유비가 죽었다! 형주군을 몰아내자!"

장임은 군사들과 계곡을 뛰어내려왔다. 3천 군사가 화살을 쏘며 방통이 이끌던 중군을 짓밟았다. 형주군은 독 안에 갇힌 쥐 꼴이 되어 저항도 못하고 죽어 갔다.

싸움에 크게 이긴 장임은 앞서 가던 위연을 공격했다. 위연은 군사를 돌려 장임과 혈전을 벌였다. 하지만 길이 좁아 마음대로 싸울 수 없었다. 위연은 군사를 몰고 그대로 낙성 방향으로 진격했다. 성문 가까이 이르자 성을 지키던 유괴가 군사를 몰고 달려 나왔다. 유괴와 장임이 앞뒤에서 공격하는 바람에 위연은 반이나 되는 군사를 잃었다.

"이놈들! 여기 황충이 있다!"

그때 유비와 함께 큰길로 떠났던 황충이 군사를 이끌고 달려왔다. 뒤이어 유비도 중군을 거느리고 도착했다. 싸움은 다시 역전되었다. 유괴와 장임은 성문 바로 앞까지 쫓겨 갔다. 형주 군사들이 막 낙성을 점령하기 직전이었다.

"형주군을 사로잡아라!"

함성 소리가 천지를 진동하며 2만이나 되는 대군이 달려왔다. 유장의 사돈 오의가 이끄는 촉의 구원병이었다. 낙봉파에서 많은 군사를 잃었기 때문에 형주군은 수적으로 불리했다. 전세가 역전되어 유비가 이끄는 형주군은 부성으로 쫓겨 갔다.

형주군이 쫓겨 오자 관평과 유봉이 군사를 이끌고 구원 나왔다. 그러자 전세는 또다시 역전되었다. 장임과 오의는 많은 군사를 잃고 낙성으로 후퇴했다. 그야말로 엎치락뒤치락하는 싸움이었다. 관평과 유봉은 20여 리나 그들을 쫓아 가 많은 군사를 죽이고 말을 노획했다.

"군사 방통이 보이지 않구려!"

숨을 돌리자마자 유비는 방통부터 찾았다. 위연과 황충도 그제야 방통이 보이지 않는 걸 알고 깜짝 놀랐다. 그때 방통과 함께 낙봉파를 지나다가 겨우 살아 돌아온 군사가 아뢰었다.

"군사께서는 적군이 쏜 화살에 맞아 숨을 거두었습니다."

"그게 사실이냐? 좀 더 자세히 말해 보거라!"

유비는 자신의 귀를 의심했다.

"적은 주군이 타시던 흰 말을 집중적으로 노렸습니다. 화살 수백 발이 일시에 날아와 미처 피할 틈이 없었습니다."

"봉추가 나를 대신해 목숨을 잃었단 말인가?"

유비는 낙봉파가 있는 서쪽을 향해 목 놓아 통곡했다.

다음 날 유비는 제단을 쌓고 방통의 넋을 달래는 제사를 올리게 했다. 형주군은 깊은 슬픔에 잠겼다. 장수와 군사들은 모두 소리 내어 통곡했다.

그때 군사 하나가 뛰어 들어와 보고했다.

"장임이 군사를 휘몰아 기습해 오고 있습니다."

황충이 벌떡 일어섰다.

"제가 가서 봉추의 원한을 씻고 오겠습니다."

위연도 자리를 차고 일어났다.

"저도 가겠습니다."

그러나 유비는 고개를 흔들었다.

"이럴 때일수록 신중해야 하네. 형주에 있는 공명 군사에게 도움을 요청하세."

유비는 편지 한 통을 써서 관평에게 쥐어 주었다.

"밤낮을 가리지 말고 형주로 달려가라!"

관평은 유비의 명을 받들어 곧장 형주로 길을 떠났다.

불길한 예감에 잠을 못 이루던 공명은 관평이 나타나자 얼굴이 하얗게 질렸다. 공명은 떨리는 손으로 편지를 읽어 내려갔다.

지난 7월, 낙성을 공격하던 방통 군사가

낙봉파에서 적이 쏜 화살을 맞고 숨을 거두었소

속히 서촉으로 달려와 우리를 도와주시오

"우리 주군께서 팔 하나를 잃으셨구나."

편지를 읽고 난 공명은 땅을 치며 통곡했다.

다음 날 공명은 형주의 모든 문무 대신들을 모이게 했다.

"아무래도 내가 서촉으로 가 보아야 될 것 같소. 여러 대신들은 목숨을 다 바쳐 이곳 형주를 지켜 주시오."

옆에 있던 관우가 물었다.

"군사마저 이곳을 떠나시면 형주는 누가 지킨단 말이오?"

"운장은 주군께서 관평으로 하여금 편지를 전하게 한 이유를 모르시겠소? 그것은 운장에게 형주를 맡기겠다는 뜻일 게요. 운장은 지난날 도원에서 맺은 맹세를 하루도 잊지 마시고 온 힘을 다해 형주를 지켜 주시오."

관우가 비장한 목소리로 대답했다.

"주군의 뜻이 그러하니 어찌 어기겠습니까?"

"형주는 조조와 손권이 호시탐탐 노리는 곳이오. 목숨을 다 바쳐 꼭 이곳을 사수해 주시오."

거듭 당부를 한 뒤 공명은 형주에 남을 사람과 떠날 사람을 호명했다.

"마량과 이적, 미축, 미방, 요화, 관평, 주창 등은 관우 장군을 도와 형주를 철통같이 방어하시오. 장비 장군은 날랜 군사 1만을 거느리고 파성을 공격한 뒤 낙성 서쪽으로 진격하시오. 자룡은 수군을 거느리고 강줄기를 따라 낙성으로 올라가시오."

그런 뒤에 공명은 장비를 특별히 따로 불러 말했다.

"장 장군은 성미가 급해서 탈이오. 서촉 백성들은 이제 우리 백성들이나 마찬가지요. 서촉으로 들어가거든 군령을 엄하게 내려 백성들을 해치지 말게 하시오."

"하하, 걱정 마십시오."

안 그래도 몸이 근질근질하던 장비였다. 장비는 기분이 들떠 출발 준비를 서둘렀다. 장비와 조자룡은 다음 날 각각 군사를 이끌고 서촉으로 출발했다. 그들이 떠나자 공명도 간옹, 장완과 더불어 군사 1만 5천을 거느리고 서촉으로 출발했다.

파군 태수 엄안은 촉나라에서 둘째가라면 서러운 뛰어난 장수였다. 강철로 만든 화살을 잘 쏘았는데, 쏘았다 하면 백발백중이었다. 힘도 천하장사여서 큰 칼을 휘두르면 아무도 가까이 접근할 수 없는 맹장이었다.

서촉으로 들어간 장비는 파성 10리 밖에 진영을 세웠다. 장비가 쳐들어왔다는 소식을 듣자 엄안은 부하들을 불러 명령했다.

"장비는 장판교에서 조조의 백만 대군을 호령 한마디로 물리친 장수다. 나가 싸우지 말고 성 위에서 적을 공격하라! 우리가 싸우지 않으면 저들은 식량이 떨어지게 되어 돌아갈 것이다."

다음 날 장비는 군사들을 이끌고 파성을 포위했다.

"엄안은 계집애처럼 숨어 있지 말고 썩 밖으로 나와라!"

엄안은 메고 있던 활을 내려 장비를 향해 화살을 쏘았다. 화살은 보기 좋게 장비가 쓰고 있던 투구에 꽂혔다. 장비는 깜짝 놀라 고래고래 소리를 질렀다.

"이놈, 비겁하게 화살이나 쏘아 대다니. 부끄럽지도 않느냐?"

그러나 엄안은 꿈쩍도 하지 않았다. 장비는 종일 욕만 퍼붓다가 진영으로 돌아왔다. 그런 상태는 며칠 동안 계속되었다.

"큰일 났군. 이러다간 꼴찌로 낙성에 도착하겠군."

장비는 걱정이 이만저만이 아니었다. 그러다가 한 가지 계책을 생각해 냈다.

'그렇지. 내가 왜 진작 그 생각을 못했는가!'

장비는 군사들을 모이게 한 뒤 높은 바위에 올라가 큰 소리로 떠들었다.

"파성을 그대로 둔 채 오늘 밤 샛길을 통해 이곳을 빠져나간다. 적군이 눈치 채지 못하도록 조용히 서둘러라!"

장비군 속에는 엄안의 첩자들이 몇 명 섞여 있었다. 그들은 몰래 진영을 벗어나 엄안을 찾아갔다. 자초지종을 전해 들은 엄안은 호탕하게 웃었다.

"하하, 장비는 싸움만 잘했지 무식한 장수로군."

엄안은 부장들을 불러 은밀히 지시했다.

"군사를 이끌고 나가 샛길 주변에 매복하라. 오늘 밤 형주 군사가 샛길을 통해 성으로 돌아갈 것이다. 적이 완전히 포위 망에 걸려들면 불화살을 올리고 일제히 공격하라!"

군사의 매복이 끝나자 엄안도 숲 속에 이르러 몸을 숨겼다. 달이 떠오르는 가운데 이윽고 밤이 깊었다. 잠시 뒤 긴 창을 든 장수가 군사를 이끌고 나타났다. 그들은 발소리를 죽인 채 살금살금 샛길을 통과하고 있었다.

"형주군이다! 북을 울려라!"

엄안이 부하들에게 명령했다. 숲에 매복해 있던 엄안의 부 하들은 함성을 지르며 장비군을 포위했다. 그러나 이상한 일 이었다. 1만이나 되는 장비군은 간데없고 고작 수백 명의 군사 들이 포위되어 있을 뿐이었다. 맨 앞에 선 장수도 자세히 살펴 보니 장비가 아니었다. 장비처럼 수염을 세우고 긴 창을 들었 을 뿐이었다.

"아뿔싸! 속았다."

엄안은 깜짝 놀라 주변을 두리번거렸다. 아니나 다를까!

"하하하, 늙은 엄암은 뭘 그리 놀라는가?"

장비가 긴 창을 겨누고 달려왔다. 동시에 사방에서 형주 군사들이 벌 떼처럼 쏟아져 나왔다. 샛길은 금방 아수라장이 되었다. 형주군은 닥치는 대로 촉군을 찌르고 베었다.

"덤벼라!"

엄안은 칼을 휘두르며 장비를 맞이했다. 그러나 50합을 싸워도 승부가 나지 않았다. 그때 엄안이 탄 말이 발을 헛디뎌 쓰러졌다. 장비는 기회를 놓치지 않고 재빨리 엄안을 사로잡았다.

"엄안이 사로잡혔다! 모두 무기를 버리고 항복하라!"

장비가 촉나라 군사들을 향해 소리쳤다. 가뜩이나 불리한 싸움을 벌이던 촉군은 항복하기 바빴다. 장비는 군사를 몰아 파군성으로 들이쳤다. 화살을 쏘며 저항했지만 촉군은 오래 버티지 못했다.

성을 점령한 장비는 백성을 해치지 말도록 엄히 군령을 내렸다. 놀란 백성들을 위로하는 한편 사로잡힌 엄안을 끌고 오도록 했다.

"항복하라. 항복하면 목숨을 살려 주겠다!"

그러자 엄안이 눈을 부릅뜨고 대답했다.

"이놈, 어찌하여 너는 사로잡힌 장수에게 항복을 권유하느냐? 어서 내 목을 쳐라!"

조금도 두려운 빛이 없었다.

"음……."

장비는 감동한 얼굴로 엄안을 물끄러미 바라보았다. 장비는 부하들에게 새 옷을 가져오게 하여 손수 엄안에게 입혔다. 그런 다음 엄안에게 넙죽 절을 올렸다.

"과연 장군은 서촉의 충신이시오. 내가 어찌 함부로 장군의 목을 벨 수 있겠소?"

장비가 그렇게 나오자 엄안도 마음이 흔들렸다.

'평소 유황숙이 어질다는 얘기를 들었는데 그 부하 장수들도 이토록 어진 사람들뿐이구나.'

엄안은 장비에게 마주 절을 올리고 정식으로 항복했다. 장비는 엄안을 높은 자리에 앉히고 물었다.

"속히 낙성으로 들어가야 하는데 이곳에서 너무 많은 시간을 끌었소이다. 낙성으로 가는 길엔 크고 작은 관문이 수십 개나 있다고 들었는데 관을 통과할 방법이나 알려 주시오."

장비는 가급적 싸우지 않고 낙성에 이르고 싶었다. 엄안이 장비의 마음을 모를 리 없었다.

"내게 맡겨 주시오. 기왕에 유황숙을 따르기로 한 몸이니 낙성까지 장군을 무사히 안내하겠소이다."

"아, 정말 고맙습니다."

일이 쉽게 풀리자 장비는 뛸 듯이 기뻤다.

다음 날 엄안은 선봉이 되어 군사를 이끌고 떠났다. 관문을 지키던 장수들은 모두 엄안의 부하들이었다. 엄안은 관문에 이를 때마다 촉군을 불러내어 좋은 말로 타일렀다. 그리하여 장비는 피 한 방울 흘리지 않고 낙성으로 향할 수 있었다.

70. 마지막 저항

　유비는 구원군이 온다는 소식을 듣자 안도의 한숨을 내쉬
었다.

　"이럴 게 아니라 우리도 적을 공격하자!"

　힘을 얻은 유비는 군사를 이끌고 나가 낙성을 공격했다. 그
러나 촉군의 마지막 저항은 거셌다. 여러 차례 공격을 했지만
그때마다 실패였다. 유비군은 오히려 장임과 오의에게 쫓겨
뿔뿔이 흩어졌다.

장비가 낙성에 이른 것은 바로 그 무렵이었다. 장비의 눈에 마침 유비를 쫓고 있는 오의가 들어왔다.

"이놈, 여기 장비가 왔다!"

장비는 눈꼬리를 치켜뜬 채 오의를 향해 달려들었다. 그러자 오의는 돌연 말 머리를 돌려 달아나기 시작했다. 기세가 오른 장비는 말에 채찍을 가하며 오의를 쫓았다. 너무 빨리 달린 탓에 뒤따르는 부하가 한 명도 없었다. 성문 바로 앞까지 오의를 쫓아갔다가 촉군에게 사방으로 포위되고 말았다.

"앗! 너무 깊이 들어왔다."

먼 길을 달려온 터라 장비는 몹시 지친 상태였다. 장팔사모를 이리저리 휘둘렀지만 촉군은 끝도 없이 밀려왔다. 그때 강변 쪽에서 배 몇 척이 도착하더니 한 장수가 군사를 이끌고 올라왔다. 그는 형주에서 배를 타고 떠났던 조자룡이었다. 조자룡을 보자 오의가 말을 타고 달려들었다. 조자룡은 달려오는 오의를 한 손으로 잡아 쓰러뜨렸다. 다른 부하들이 달려들어 오의를 꽁꽁 묶었다.

오의가 사로잡히자 남은 군사들은 재빨리 성문 안으로 도망쳤다. 조자룡과 장비는 군사를 수습하여 유비가 있는 곳으로 갔다. 흩어져 싸우던 황충과 위연도 군사를 거두어 합류했다.

"형님, 얼마나 고생이 많으셨습니까?"

장비를 보자 유비는 눈물이 앞을 가렸다.

"저희가 왔으니 이제 안심하십시오."

곁에 섰던 조자룡이 믿음직스럽게 말했다. 여러 장수들은 서로 얼싸안고 다시 만난 기쁨을 나누었다.

며칠 뒤 군사를 이끌고 공명이 마지막으로 도착했다. 공명이 도착하자 침체되어 있던 형주군은 단연 활기를 띠었다. 공명은 장비가 제일 먼저 낙성에 도착한 것을 알자 놀랍다는 듯 물었다.

"무슨 방법으로 수십 개나 되는 관을 함락시켰소?"

장비는 어깨를 으쓱거리며 엄안을 데리고 왔다.

"모두가 엄안 장군의 덕이오."

장비가 엄안을 사로잡은 이야기를 하자 여러 장수들은 크게 감탄했다.

"내 아우가 무예만 뛰어난 줄 알았더니 꾀도 많구나."

유비는 유쾌한 얼굴로 장비를 칭찬했다. 무엇보다 유비를 기쁘게 한 것은 엄안이라는 용맹한 장수를 부하로 얻은 일이었다.

이제 형주군의 사기는 하늘을 찔렀다. 항복한 군사들까지 합치니 어언 10만에 가까운 대군이었다. 장비를 비롯하여 조자룡, 황충, 위연, 엄안, 관평, 유봉, 주창, 요와 등 뛰어난 장수도 10여 명이나 되었다.

다음 날 유비는 10만 군사를 모두 동원하여 낙성을 포위했다. 이렇게 되자 몸이 단 것은 촉나라 군사들이었다. 유장이 구원병을 보냈지만 공명의 계략에 의해 모두 전멸했다. 성안에 남은 장수는 장임과 유괴였다. 유비는 엄안을 시켜 그들을 항복하게 했다. 그러나 장임과 유괴는 듣지 않았다.

"우리는 촉나라 신하들이다. 어찌 유비에게 항복할 수 있겠느냐?"

유괴와 장임은 얼마 남지 않은 군사를 이끌고 화살을 쏘며 저항했다. 형주 군사들은 날이 어둡기를 기다렸다가 일시에 성을 넘어갔다. 장임은 장비에 의해 목이 달아나고 유괴는 부하의 배신으로 목숨을 잃었다.

낙성을 함락시키자 공명이 유비에게 건의했다.

"백성들을 어루만지는 일이 무엇보다 중요합니다. 지금 군사를 일으켜 성도를 치면 백성들이 놀라게 될 것입니다. 우선 유장에게 편지를 보내 항복을 권유하십시오."

"그렇다면 누가 가는 게 좋겠소?"

"법정을 전령으로 보내십시오. 그와 동시에 촉에서 항복한 장수들을 여러 고을로 보내 백성들을 안심시키십시오. 민심이 주군께 기운다면 형주는 저절로 우리 차지가 될 것입니다."

법정은 편지가 발각되어 죽은 장송과 함께 유비를 도와주던 촉나라 신하였다. 유비는 고개를 끄덕이며 그렇게 하라고 명령했다.

낙성이 떨어졌다는 소식을 듣자 유장은 사색이 되었다. 많은 촉나라 장수들이 죽고 군사들은 뿔뿔이 흩어진 마당이었다. 이제는 유비에게 대항할 군사도 얼마 남아 있지 않았다. 엎친 데 덮친 격으로 법정이 항복을 권유하는 편지를 들고 나타났다.

"마지막으로 한 번 더 싸워 보자."

유장은 편지를 북북 찢어 버린 뒤 매질을 해서 법정을 쫓아 보냈다. 그리고 비관과 이엄, 두 장수에게 면죽관을 지키게 했다. 면죽관은 성도로 진입하는 길목에 위치한 군사 요충지였다. 또한 편지 한 통을 써서 한중의 장로에게 보냈다. 어제의 원수에게 구원을 요청한 셈이었다. 유비를 물리쳐 주면 서촉 땅 20주를 장로에게 주겠다는 조건이었다.

편지를 받은 장로는 뛸 듯이 기뻐했다. 가맹관에서 유비와 대치하다가 돌아온 장로였지만 이제는 사정이 달랐다. 마초와 마대, 방덕 등 서량에서 용맹을 떨치던 세 장수가 합류했기 때문이다.

조조와 싸우다 농서로 도망쳤던 마초는 그곳에서 강족을 모아 군사를 일으켰다. 그 소식을 듣고 조조의 맹장 하후연이 대군을 이끌고 쳐들어왔다. 군사가 적었던 마초는 싸움에 패하고 남쪽으로 내달렸다. 마초가 도망친 곳이 바로 장로가 다스리던 한중이었다.

"유비를 몰아낸 뒤에 서촉 전체를 차지하자."

장로는 마초에게 군사 2만을 주어 서촉으로 보냈다.

그런 사실을 알 리 없는 형주군은 밀물처럼 성도로 진격했다. 제일 먼저 다다른 곳이 면죽관이었다. 공명은 황충과 위연을 선봉으로 삼아 면죽관을 치게 했다. 황충과 위연이 나타나자 면죽관을 지키던 비관은 이엄에게 군사 3천을 주어 관문 밖으로 내보냈다.

"항복하지 않고 무얼 꾸물거리느냐!"

이엄을 보자 황충이 꾸짖으며 말을 달려왔다. 두 장수는 한데 어우러져 50합을 치고받았다. 그때 갑자기 징 소리가 울리며 공명이 황충을 불러들였다.

"조금만 더 싸우면 이엄을 죽일 수 있었는데 왜 북을 치셨소?"

황충은 화가 나서 공명에게 따졌다.

"이엄은 훌륭한 장수요. 그를 유인한 뒤에 사로잡읍시다."

공명은 자세히 계책을 알려 주었다. 황충은 다시 말을 타고 달려 나갔다. 그러자 이엄도 말에 채찍을 가하며 달려왔다. 창을 주고받던 황충이 갑자기 말 머리를 돌려 달아나기 시작했다.

"어딜 도망가느냐!"

힘이 솟은 이엄이 창을 세우고 황충의 뒤를 쫓았다. 정신없이 달리다 보니 어느덧 산골짜기로 들어섰다. 그때 어디선가 번개처럼 그물이 날아와 이엄을 덮쳤다. 사로잡힌 이엄은 밧줄에 꽁꽁 묶여 유비에게 끌려갔다. 유비는 군사들을 큰소리로 꾸짖고 밧줄을 손수 풀어 주었다.

유비에게 항복한 이엄은 말을 타고 면죽관으로 들어가 비관을 만났다.

"어차피 촉의 운명은 다했습니다. 유황숙을 주군으로 받들어 조조와 장로에게 대항한다면 그것이 나라와 백성을 위하는 길 아니겠소?"

이엄이 설득하자 비관은 관문을 열고 유비에게 항복했다.

유비와 공명은 여러 장수들을 모아 놓고 성도로 들어갈 방법을 의논했다. 그때 홀연 놀라운 소식이 전해졌다. 조조에게 쫓겨났던 마초가 한중 군사를 이끌고 가맹관으로 쳐들어온다는 것이었다.

　"유장이 장로에게 구원을 요청한 모양입니다. 하지만 걱정하지 마십시오."

　공명이 놀란 유비를 안심시켰다. 그때 장비가 벌떡 일어났다.

　"마초는 제게 맡기십시오. 당장 가서 그놈의 목을 비틀어 오겠소."

　장비가 씩씩거리자 공명이 타일렀다.

　"마초는 여포와 견줄 수 있는 천하맹장이오. 신중하지 않으면 일을 그르칠 수 있소."

　"아니, 군사는 어찌 나를 가볍게 여기시오. 이 몸은 장판교에서 호통 한 번으로 조조의 백만 대군을 쫓아 버린 일이 있소. 그까짓 마초가 다 무엇이오. 만약 마초를 잡지 못하면 군령으로 내 목을 베시오."

　유비가 껄껄 웃으며 말했다.

　"허허, 익덕이 화가 단단히 난 모양이군. 그렇다면 익덕에게 마초를 맡겨 봅시다."

공명은 그제야 허락했다.

"그렇다면 위연 장군과 함께 가시오. 주군께서도 그 뒤를 받치셔야 합니다."

장비와 위연은 엎치락뒤치락하며 가맹관으로 달려갔다. 서로 공을 세우기 위해서였다. 먼저 가맹관에 다다른 장수는 위연이었다. 위연을 보자 마초는 마대를 내보내 싸우게 했다. 10합쯤 싸웠을 때 마대가 돌연 말 머리를 돌려 달아나기 시작했다.

"음, 천하의 마초도 별것 아니군."

위연은 상대를 마초로 알고 재빨리 그 뒤를 쫓았다. 그러자 달아나던 마대가 말안장 위에서 몸을 홱 비트는가 싶더니 화살을 쏘았다. 화살은 위연의 왼쪽 팔꿈치에 그대로 꽂혔다. 위연은 피를 흘리며 가맹관 안으로 후퇴했다. 마대는 군사를 다그쳐 위연을 쫓았다.

마대의 군사가 가맹관 앞에 이르렀을 때였다. 벼락 치는 호통 소리와 함께 무섭게 생긴 장수가 말을 타고 달려왔다. 그는 뒤늦게 가맹관에 도착한 장비였다. 장비를 보자 마대는 말 머리를 돌려 재빨리 도망쳤다.

다음 날이었다. 북소리가 천지를 진동하는 가운데 마초가 가맹관에 나타났다. 마초는 머리에 사자 모양의 투구를 쓰고 은빛 갑옷으로 몸을 감싼 상태였다. 그 차림새가 위풍당당해 마치 옛날의 여포를 보는 듯했다.

그 모습을 보자 유비는 큰 소리로 칭찬했다.

"과연, 마초는 대단한 장수구나."

유비가 마초를 칭찬하자 옆에 섰던 장비는 속이 뒤집혔다. 샘이 난 장비는 어금니를 꽉 깨문 채 성문을 열고 달려 나갔다. 유비가 말렸지만 막무가내였다.

"마초야, 여기 장비가 왔다! 어디 네놈 솜씨나 구경해 보자!"

마초는 코웃음을 쳤다.

"흥, 너는 어디서 나타난 촌놈이냐!"

창과 창이 부딪치자 허공에 불꽃이 튀었다. 성난 독수리 두 마리가 먹이를 놓고 다투는 형국이었다. 그렇게 싸우기를 1백여 합, 좀처럼 승부가 나지 않았다. 2백 합이 되었을 때 두 장수는 말을 바꿔 타고 다시 부딪쳤다. 날이 저물었지만 승부는 좀처럼 나지 않았다.

"네놈 목을 베지 않으면 돌아가지 않으리라!"

장비의 말에 마초도 대꾸했다.

"오냐, 어디 1만 합을 겨뤄 보자!"

날이 저물어도 싸움은 계속되었다. 양쪽 군사들은 횃불을 밝히고 싸움을 응원했다. 보다 못한 유비가 두 장수를 타일렀다.

"날이 저물었으니 두 장수는 그만 싸움을 멈추시오."

몹시 지친 상태라 마초와 장비는 유비의 청을 못 이기는 척 받아들였다.

다음 날 공명이 가맹관에 도착했다. 공명은 유비에게 한 가지 계책을 일러 주었다.

"내일 두 장수가 또 싸우면 반드시 한 명이 죽고 말 것입니다. 그러지 말고 마초를 사로잡아 우리 편으로 만들어야겠습니다."

"무슨 수로 마초를 사로잡는단 말이오?"

공명은 빙그레 미소를 지었다.

"제게 맡겨 주십시오."

다음 날 공명은 손건을 불러 급히 한중 땅으로 파견했다. 한 중에 도착한 손건은 장로를 만나 다음과 같이 말했다.

"마초는 촉을 빼앗아 자신이 차지할 생각을 품고 있습니다. 속히 군사를 돌리게 하십시오."

장로는 귀가 얇은 사람이었다. 듣고 보니 일리가 있는 말이라 마초에게 전령을 보내 군사를 돌리게 했다.

"싸움 중인 장수를 불러들이다니. 장로는 꽤나 어리석은 사람이군."

마초는 혀를 끌끌 차며 군사를 거두었다. 마초가 군사를 돌리자 손건은 은밀히 사람을 풀어 이런 소문을 퍼뜨렸다.

"마초가 한중을 공격하기 위해 군사를 돌렸다!"

그 소문은 곧 장로의 귀에 들어갔다.

"은혜를 배반하다니 용서할 수 없다!"

장로는 펄쩍 뛰며 마초를 죽이라고 명령했다. 한중으로 돌아오던 마초는 장로가 자신을 죽이려 한다는 소식을 듣고 한탄했다.

"장로가 공명의 계략에 속았구나. 참으로 어리석은 사람이군."

마초는 오도 가도 못 하는 신세가 되었다. 공명은 서촉에서 항복한 이회라는 신하를 마초에게 보냈다. 이회는 한때 마초와 사귄 일이 있었다.

"무슨 일로 나를 찾아왔는가?"

이회를 보자 마초는 얼굴을 찡그렸다.

"마등 장군께서 연판장에 서명하신 일을 벌써 잊으셨단 말입니까? 유황숙은 역적 조조를 치기 위해 싸우시는 분입니다. 저와 함께 유황숙을 찾아가 항복하십시오."

마등은 마초의 아버지였다. 마초는 아버지가 조조에게 죽은 일을 기억하고 자신도 모르게 몸을 떨었다.

"자네의 말에 일리가 있네."

마초는 마대와 함께 유비를 찾아와 항복했다. 유비는 맨발로 달려나와 마초의 손을 마주 잡았다. 유비가 자신을 반갑게 대하자 마초는 감격하여 소리쳤다.

"그동안 어진 주군을 만나지 못해 이리저리 천하를 떠돌았습니다. 이제야 제 주인을 만났으니 기쁘기 그지없습니다."

"마초 장군을 얻어서 나 역시 마음이 든든하오."

유비는 잔치를 베풀고 마초를 위로했다.

71. 마침내 서촉을 얻다

믿었던 마초가 항복하자 유장은 기력을 잃고 주저앉았다.

"아, 이 일을 어찌하면 좋단 말인가?"

땅이 꺼지고 하늘이 무너져 내리는 것 같았다. 대신들은 아무런 말도 하지 못하고 고개를 푹 숙였다. 겨우 정신을 차린 유장이 말했다.

"이제 모든 게 끝났소. 성문을 열고 유황숙을 맞으시오."

그러자 황권이 결연한 목소리로 유장의 말을 막았다.

"그것은 아니 됩니다. 익주에는 아직 3만 군사가 남아 있습니다."

"아……."

유장은 또다시 길게 탄식했다. 유장은 마음이 여렸지만 본래 어진 사람이었다. 유장은 슬픈 눈으로 황권을 타일렀다.

"형주 군사들이 이 땅에 들어온 지 어느덧 3년 가까이 흘렀소. 그동안 수없이 많은 백성들이 죽고 다쳤으니 모든 게 다 내 잘못이오. 차라리 항복하여 백성들의 고초를 하루빨리 면해 주고 싶소. 유황숙은 어진 사람이니 내가 아니어도 백성들을 잘 다스릴 수 있을 것이오."

유장의 말이 끝나자 모든 신하들이 눈물을 흘렸다.

며칠 뒤 유비의 군사가 성도 바깥까지 밀려왔다.

"성문을 열어라!"

유장은 대신들을 거느리고 유비에게 나아가 항복했다. 유장이 절을 올리며 항복하자 촉나라 대신들은 모두 흐느껴 울었다.

지켜보던 유비의 눈에도 이슬이 맺혔다.

"태수께서 백성들을 생각하여 항복을 결심했다는 소식을 들었소. 나 역시 사사로운 감정으로 서촉을 빼앗은 게 아니오. 서촉과 형주를 바탕으로 조조에 맞서 백성을 구하고 천하를 이롭게 할 생각이니, 부디 나를 용서하시오."

유비가 눈물을 흘리며 말하자 유장도 목이 메었다. 유비는 유장과 말머리를 나란히 하고 성으로 들어갔다. 오랜 싸움으로 지쳐 있던 백성들은 향을 사르고 등불을 내걸어 유비와 유장을 환영했다.

유비는 잔치를 열어 부하들을 위로하고 일일이 상을 내렸다. 서촉에서 항복한 신하와 형주에서 따라온 신하를 합치니 어느덧 그 수가 백여 명이나 되었다. 유비는 명을 내려 백성들에게 식량을 나누어 주고 병자들을 돌보았다.

"유황숙 만세!"

"이제 평화롭게 살 수 있게 되었구나."

백성들은 만세를 부르며 기뻐했다.

나라가 안정되자 유비는 공명을 시켜 법률을 만들게 했다. 며칠 지나지 않아 백성을 다스리는 법이 만들어졌다. 농사를 장려하고 상업을 관장하는 부서가 새로 만들어졌다. 여러 부서마다 각각 책임자가 임명되고 장수들은 국경을 엄하게 지켰다.

유비가 어진 정치를 베풀자 서촉은 단연 활기가 넘쳤다. 풍년이 들어 곡식이 넘치고 사방에서 노랫소리가 끊이지 않았다.

그러던 어느 날이었다. 멀리 오나라에서 사신이 성도에 도착했다. 사신으로 온 사람은 뜻밖에도 제갈공명의 형 제갈근이었다. 제갈근은 일찍부터 강동으로 건너가 손권을 돕고 있었다. 형이 왔다는 소식을 듣자 공명은 사신이 묵고 있는 숙소로 형을 찾아갔다.

"형님이 여기까지 웬일입니까?"

공명이 절을 올린 뒤에 물었다. 제갈근이 울상을 짓고 대답했다.

"손권이 내 가족들을 옥에 가두고 날 사신으로 보냈네."

"형주를 달라는 말씀이로군요?"

공명은 손권의 속셈을 훤히 들여다보고 있었다.

"그럴걸세. 촉을 차지하게 되면 형주를 돌려준다고 약조를 하지 않았나?"

"저 때문에 형님 가족들이 화를 당하게 생겼군요. 하지만 너무 염려하지 마십시오. 형님에게 화가 미치지 않도록 하겠습니다."

공명은 제갈근을 유비에게 데려가 자초지종을 설명했다. 협상을 거듭한 끝에 유비가 입을 열었다.

"그렇다면 우선 장사와 계양, 영릉의 세 군을 돌려드리겠소. 이 편지를 가지고 형주로 관우를 찾아가시오."

유비는 편지 한 통을 써서 제갈근에게 들려 주었다. 장사와 계양, 영릉은 형주의 절반에 해당되는 땅이었다. 제갈근은 유비에게 절을 올린 뒤 형주로 떠났다. 형주 전체를 돌려받지는 못했지만 세 곳이나마 받게 된 것은 다행스러운 일이었다.

하지만 이것 또한 공명의 치밀한 계략이었다. 관우가 순순히 땅을 내줄 리 없었기 때문이다. 형주에 도착한 제갈근이 유비의 편지를 내밀자 관우는 편지를 내동댕이쳤다.

"당장 돌아가시오. 나는 형주를 지키라는 명령은 받았지, 내주라는 소리를 듣지 못했소."

제갈근은 할 말을 잃었다.

"그게 무슨 소리요? 성도에게 유황숙을 만나고 오는 길이오! 땅을 돌려주기로 이미 약속을 했단 말이오."

관우는 더욱더 언성을 높였다.

"좋게 말할 때 돌아가시오. 돌아가지 않으면 그대의 목이 온전하지 않을 것이오."

관우는 차고 있던 칼에다가 슬며시 손을 얹었다.

어쩔 수 없는 일이었다. 제갈근은 쫓기듯 오나라 수도가 있는 건업으로 돌아갔다. 손권은 펄쩍 뛰며 화를 냈다.

"관우는 참으로 무례한 인간이군. 관우를 죽인 후에 형주를 몽땅 차지해야겠다."

그러자 옆에 있던 노숙이 계책을 알려 주었다.

"강 상류에 있는 육구로 관운장을 청해 잔치를 열겠습니다."

손권이 고개를 흔들었다.

"관운장이 순순히 올 리 없지 않은가?"

"운장은 겁이 없는 사람이니 반드시 나타날 것입니다. 잔치를 열어 환영한 뒤 운장이 술에 취하면 일제히 공격하여 목을 베겠습니다."

"신중하게 처리하시오."

손권은 고개를 끄덕이고 형주로 사자를 보냈다. 관우가 출발 준비를 하자 아들 관평이 말렸다.

"아버님, 아무래도 분위기가 심상치 않습니다. 제가 아버님을 대신해 다녀오도록 허락해 주십시오."

관우가 큰 소리로 웃고 대답했다.

"내가 죽음이 두려워 가지 않으면 천하 사람들이 비웃을 것이다."

관우는 빠른 배 10여 척에 수군 5백 명을 태운 뒤 육구로 내려갔다. 배는 물살을 해치며 빠르게 흘러가 육구에 닿았다.

"어서 오십시오."

배에서 내리자 노숙이 반갑게 관우를 맞이했다.

"제가 아버님을 호위하겠습니다."

함께 갔던 관평이 칼을 차고 따라왔다.

"너는 여기서 기다리거라."

관우는 그런 관평을 엄하게 꾸짖었다. 관우는 홀몸으로 노숙을 따라 나섰다.

노숙은 잔치를 열고 관운장에게 술을 권했다.

"그래, 무슨 일로 나를 보자고 하셨소?"

관우가 태연하게 물었다. 이미 노숙의 속을 들여다보고 있었지만 관우는 내색하지 않았다.

"조조와 싸울 일을 의논했으면 합니다."

노숙이 되는 대로 변명했다.

그러면서 노숙은 자꾸만 관우의 잔에 술을 따랐다. 관우는 마다하지 않고 주는 술을 받아 마셨다. 관우의 얼굴은 시간이 흐를수록 점차 벌겋게 변했다. 마침내 관우는 몸을 주체하지 못하고 비틀거렸다.

그러나 관우는 진짜 술에 취한 게 아니었다. 주는 술을 소매 사이로 부어 버리고 취한 척 몸을 비틀거렸던 것이다.

"후후, 천하의 관우도 오늘로 끝이다!"

노숙은 손을 들어 신호를 보냈다.

"죽여라!"

막사 주변에 숨어 있던 감녕과 여몽이 힘센 군사들을 이끌고 관우를 덮쳤다.

"이놈들!"

그 순간 관우가 번개처럼 몸을 일으켰다. 관우는 억센 팔로 노숙의 손목을 잡고 막사 밖으로 끌고 나왔다. 관우가 노숙을 붙잡고 있자 감녕과 여몽은 이러지도 저러지도 못하고 발만 동동 굴렸다.

배에 무사히 올라탄 관우는 그제야 노숙에게 인사를 건넸다.

"후후, 오늘 대접은 결코 잊지 않으리다!"

작전이 실패하자 노숙은 얼굴이 빨개졌다.

감녕과 여몽은 부하들을 시켜 화살을 쏘게 했다. 그러나 배는 이미 멀리 떠난 뒤였다.

72. 조조의 한중 침략

　유비가 서촉과 싸움을 벌이는 동안 조조는 평화로운 시기를 보냈다. 조조는 농사를 적극 장려하고 군사를 엄하게 훈련시키며 힘을 비축했다.

　어느 날 신하들이 조조를 찾아와 위왕으로 추대했다. 황제를 허수아비로 만들고 조조를 왕으로 받들자는 계획이었다. 조조는 그 제의를 받고 내심 기뻐했다.

　'왕이 된 이후 황제 자리를 차지하자!'

조조는 입가에 웃음이 떠나지 않았다. 그러나 일은 뜻밖의 벽에 부딪혔다. 모사로 있던 순욱과 순유가 반대하고 나선 것이었다.

"역적 동탁의 일을 벌써 잊으셨습니까? 황제가 계신데 어찌 위왕에 오를 수 있습니까? 간신들의 말을 듣지 마십시오."

순욱과 순유는 목숨을 걸고 조조에게 간청했다. 그들은 오랫동안 조조와 함께 전쟁터를 누빈 충신들이었다. 그들이 조조를 따른 것은 오직 백성들을 편안하게 돌보기 위해서였다.

"그대들은 주군인 나보다 백성들을 더 생각하는가?"

조조는 얼굴을 찡그리며 역정을 냈다. 조조에게 실망한 순욱과 순유는 그날 이후 더 이상 조정에 나오지 않았다.

"참으로 괘씸하군!"

조조는 크게 노해 순욱에게 빈 약사발을 보냈다. 조조는 이미 인재를 사랑하던 옛날의 조조가 아니었다. 빈 사발을 보자 순욱은 자신의 운명이 다했음을 알고는 약을 먹고 자살했다. 순욱이 죽었다는 소식을 듣자 순유도 시름시름 앓다가 목숨을 잃었다.

조조는 다시 위왕에 오를 준비를 했다. 그러자 황제는 큰 슬픔에 잠겼다. 보다 못한 복황후는 아버지인 복완을 찾아가 하소연했다. 복완은 황제와 짜고 조조를 죽일 계획을 마련했다.

그러나 계획은 성공하지 못했다. 황제가 내린 밀서가 조조에게 발각 되었기 때문이다.

조조는 부하들을 시켜 복완과 복황후를 살해했다. 거기서 그치지 않고 복황후가 낳은 두 명의 왕자도 독약을 먹여 죽였다. 그리고 조조는 자신의 딸을 황후의 자리에 앉혔다. 헌제가 황제에 오른 지 20년째 되던 해의 일이었다.

한바탕 피바람을 일으킨 조조는 시선을 바깥으로 돌렸다. 백성들의 원망을 잠재우기 위해서였다. 왕이 되는 일을 미루고 조조는 군사를 일으켰다.

조조가 장수들을 모아 놓고 의견을 물었다.

"쥐새끼 같은 유비가 서촉을 빼앗아 세력을 넓히고 있네. 이번 기회에 서촉을 정벌할까 하는데 여러 장수들의 생각은 어떤가?"

하후돈이 한쪽 눈을 깜박이며 대답했다.

"유비를 치는 일은 쉽지가 않습니다. 우선 장로를 공격하여 한중 땅을 차지하십시오. 그 다음에 서촉을 치면 쉽게 이길 수 있을 것입니다."

"음, 그 방법이 좋겠군."

조조는 노장 하후연과 장합에게 선봉을 맡기고 스스로 중군을 이끌었다. 소식은 곧 한중의 장로에게 전해졌다. 장로는 아우 장위를 불러 조조를 막을 일을 의논했다.

"조조의 대군을 무슨 방법으로 막는단 말이냐?"

장위가 서슴없이 답했다.

"계곡이 험한 양평관에서 조조를 막아 보겠습니다. 형님은 뒤에서 군량미와 말이 먹을 풀을 대 주십시오."

장로는 아우 장위의 말에 크게 기뻐하며 군사를 내주었다. 양평관은 조조가 있는 허창과 한중 사이에 위치한 곳이었다. 장위는 양앙, 양임과 함께 군사를 거느리고 양평관으로 달려가 진을 쳤다.

그때 조조군의 선봉 장합과 하후연이 군사를 이끌고 나타났다. 조조군은 먼 길을 행군해 온 터라 몹시 지친 상태였다. 밥을 지어먹자 조조군은 잠에 곯아떨어졌다. 몰래 지켜보던 양앙과 양임은 기뻐 어쩔 줄 몰랐다. 밤이 되기를 기다려 그들은 조조군 진영을 기습했다. 한중 군사들은 조조군 진영 여기저기에 불을 놓은 뒤 뛰어나오는 조조군을 칼로 베었다.

하후연과 장합은 겨우 몸을 빼내 조조가 있는 본진으로 도망쳤다.

"적의 기습 하나 막아 내지 못하다니 참으로 멍청한 놈들이군!"

조조는 화를 내며 하후연과 장합을 나무랐다.

다음 날 조조는 친히 대군을 이끌고 양평관을 포위했다. 조조의 군사가 많은지라 양앙과 양임은 감히 대적하지 못하고 관 위에서 지키기만 했다. 관을 공격했지만 조조는 화살 세례만 받은 채 번번이 뒤로 물러섰다. 관문 주변은 깎아지른 듯한 절벽이었다.

그 상태로 두 달이 흘렀다. 몸이 단 조조는 마침내 한 가지 계책을 생각해 냈다.

"길이 험해 한중을 점령하기는 글렀다. 지금 즉시 허창으로 돌아간다!"

군사들은 짐을 꾸려 후퇴하기 시작했다. 조조군이 물러가자 양앙과 양임은 자만에 빠졌다.

"지금 후퇴하는 조조군을 기습하면 큰 성과를 거둘 수 있을 것이다."

조조군이 보이지 않자 양앙과 양임은 군사를 몰고 관문을 나왔다. 그런데 이상한 일이었다. 아무리 뒤를 쫓아가도 조조군이 보이지 않았다. 그러면 그럴수록 그들은 말에 채찍을 가해 조조군이 사라진 방향으로 달렸다. 그들이 산모롱이를 막

돌았을 때였다.

"와아!"

계곡 좌우에서 함성이 일며 조조군이 쏟아져 나왔다.

"이크! 조조의 작전에 속았구나!"

양앙은 급히 군사를 돌렸다. 그때 장합이 양앙의 앞을 가로막았다.

"이놈, 어딜 도망가느냐!"

장합의 칼이 번쩍 치솟자 양앙의 목이 그대로 떨어졌다.

양앙이 죽자 양임은 남은 군사를 거두어 황급히 도망쳤다. 태반이 넘는 군사가 시체가 되어 계곡을 붉게 물들였다.

양임이 도망오자 장로는 2만 군사를 주어 다시 조조를 막게 했다. 양임은 군사를 이끌고 남정으로 나아갔다. 양평관을 깨뜨린 조조군은 물밀 듯이 남정으로 들이닥쳤다. 조조군의 선봉은 노장 하후연이었다.

"하후연의 목을 베어 와라!"

양임이 부장 창기에게 명령했다. 그러나 창기는 하후연의 적수가 되지 못했다. 자신이 언제 죽었는지도 모른 채 목이 달아났다.

창기가 죽자 양임은 이를 갈며 말에 박차를 가했다. 하후연과 양임은 30합이나 창칼을 주고받았다. 싸움이 길어지자 하후연은 한 가지 꾀를 내었다. 도망치는 척하다가 상대를 죽이는 '타도계'라는 작전을 사용한 것이었다.

"어딜 달아나느냐!"

하후연이 도망치자 양임은 신바람이 나서 뒤쫓았다. 양임이 뒤에서 달려들자 하후연은 몸을 확 비틀어 그대로 칼을 내리쳤다.

"악! 분하다!"

양임은 미처 피하지 못하고 말 아래로 굴러 떨어졌다.

대장이 죽자 한중 군사들은 싸울 기력을 잃고 흩어졌다. 이번에도 조조군의 대승이었다.

장임이 죽었다는 소식을 듣자 장로는 얼굴색이 확 변했다.

"이제 조조에게 항복하는 일만 남았구나."

장로가 침통해 있자 대신 염포가 건의했다.

"주군은 어찌하여 방덕을 잊고 계십니까?"

장로는 귀가 번쩍 뜨였다.

"그렇지! 방덕이 있었지."

장로는 방덕을 불러들여 남은 군사 1만을 주고 조조를 막게 했다. 방덕은 일찍이 마초와 함께 조조를 공격했던 서량의 맹장이었다. 싸움에 패한 마초, 마대와 함께 한중으로 건너왔다가 몸에 병이 생겨 한동안 쉬고 있었다.

명을 받은 방덕은 곧 조조군이 있는 남정으로 달려갔다.

"여기 서량의 맹장 방덕이 왔다. 조조는 썩 나와라!"

방덕을 보자 조조는 슬며시 옛일을 기억해 냈다.

"방덕은 천하 맹장이다. 방덕을 부하로 만들 수 있다면 얼마나 좋을까."

조조는 방덕의 무예를 시험할 생각으로 부장들을 내보냈다.

"누가 나가서 방덕과 겨뤄 보겠느냐?"

그러자 장합이 번개같이 말을 달려 나갔다. 수십 합을 싸우던 장합은 슬며시 말 머리를 돌려 달아났다. 그러자 서황이 도끼를 휘두르며 달려가 방덕과 맞섰다. 그러기를 30여 합, 서황도 슬며시 말 머리를 돌려 달아났다.

"여기 허저가 있다!"

이번에는 허저가 긴 칼을 휘두르며 방덕을 향해 말을 몰았다. 허저는 방덕과 50합을 겨룬 끝에 다시 조조군 진영으로 돌아왔다.

"과연 방덕은 예사 장수가 아닙니다."

싸움에 나갔던 부장들은 한결같이 방덕을 칭찬했다.

"방덕을 사로잡을 좋은 방법이 있습니다."

그때 모사 가후가 여러 장군들에게 계책을 얘기했다. 조조는 무릎을 치며 기뻐했다.

"좋다! 당장 가후의 말대로 실행하라!"

조조는 군사를 뒤로 물리고 숨을 돌렸다. 조조군이 물러나자 방덕도 군사를 거두고 쉬게 했다.

밤이 깊었을 때였다. 살며시 막사를 빠져나온 조조군은 진영 뒤쪽 산길에 함정을 파기 시작했다. 그런 다음 위에 나뭇가지와 흙을 덮어 위장했다. 아무것도 모르는 방덕은 날이 밝자 군사를 이끌고 조조군 진지 앞에 도착했다.

"조조는 썩 나와 내 칼을 받아라!"

그러자 하후연이 창을 휘두르며 달려 나왔다.

"여기 하후연이 있다. 오늘은 반드시 네놈 목을 가져가겠다!"

두 장수는 함께 어우러져 30합을 주고받았다. 그러다가 갑자기 하후연이 말 머리를 돌려 달아나기 시작했다.

"공격하라!"

방덕은 자기편 군사들에게 공격 명령을 내렸다. 기세가 오른 한중 군사들은 함성을 지르며 조조군 진영을 짓밟았다. 조조군은 싸우는 둥 마는 둥 허둥거리며 도망가기 바빴다 방덕이 미친 듯 조조군을 뒤쫓을 때였다. 저만치 붉은 전포를 입고 도망치는 조조가 보였다.

"음, 조조를 사로잡아야겠다!"

방덕은 말에 채찍을 가하며 조조를 향해 달려갔다. 방덕을 보자 조조는 기겁을 하고 산길로 도망쳤다. 마침내 산길에 다다른 조조가 방덕을 보고 소리쳤다.

"네가 나를 사로잡을 수 있을 것 같으냐!"

그 소리를 듣자 방덕은 더욱 화가 치밀었다. 앞뒤 생각 없이 조조를 향해 몸을 날리는 순간이었다. 갑자기 땅이 푹 꺼지며 방덕은 말과 함께 함정으로 떨어졌다. 숨어 있던 조조군이 개미 떼처럼 달려들어 방덕을 꽁꽁 묶었다.

방덕이 사로잡히자 상황은 반대로 역전되었다. 도망치던 조조군은 언제 그랬냐는 듯 몸을 돌려 한중군을 공격했다. 한중 군사들은 무기를 버리고 허겁지겁 도망쳤다.

방덕이 사로잡히자 장로는 더 싸울 기력을 잃고 항복했다. 장로가 항복하자 조조는 그를 위로하며 진남장군이라는 벼슬을 내렸다. 사로잡힌 방덕도 장로가 항복하자 함께 항복하여 조조의 부장이 되었다. 이로써 조조는 서촉과 강동을 제외한 중국 대륙 전역을 손에 넣게 되었다.

73. 감녕과 1백 명의 결사대

한중을 차지한 조조는 당분간 그곳에 머물렀다. 각 군마다 태수를 새로 뽑아 임명하고 나라를 안정시키기 위해서였다. 그때 주부 벼슬에 있는 사마의가 조조를 찾아와 말했다.

"승상께서는 무엇을 망설이십니까? 한중을 차지한 여세를 몰아 그대로 서촉을 공격하십시오. 유비는 유장을 속이고 서촉을 빼앗았습니다. 따라서 많은 서촉 백성들이 유비를 원망하고 있습니다."

사마의는 자가 중달로 하내군 사람이었다. 그 말을 듣자 조조는 짐짓 탄식했다.

"사람의 욕망은 끝이 없구나. 이미 한중을 얻었는데 또 촉을 치려 하다니."

조조 역시 사마의와 같은 생각이었다. 그러나 공명을 두려워하여 쉽게 군사를 내지 못하던 처지였다.

조조가 망설이며 시간을 보내자 모사 유협이 찾아와 아뢰었다.

"유비가 자리를 잡으면 촉은 다시는 빼앗을 수 없는 땅이 됩니다. 속히 군사를 내어 촉을 공격하십시오."

부하들이 그렇게 나오자 조조도 더는 망설일 수 없었다. 조조는 사람을 보내 서촉을 염탐하는 한편 군사를 일으켜 싸울 준비를 서둘렀다.

이런 사실은 오래지 않아 서촉에 전해졌다.

"한중을 차지한 조조가 서촉을 공격한다는 소문이 파다하오. 백성들이 불안에 떨고 있으니 이를 어쩌면 좋겠소?"

유비가 공명을 불러 근심스런 얼굴로 물었다.

"염려 마십시오. 조조의 군사를 물리고 한중까지 빼앗아 보이겠습니다."

공명은 시종일관 자신만만한 태도였다. 한중을 차지할 수 있다는 말에 유비는 입이 벌어졌다.

"도대체 무슨 수로 한중을 차지한다는 거요?"

공명은 빙그레 미소를 지었다.

"주군은 처음의 계획을 벌써 잊으셨습니까? 애초 생각은 서측을 차지한 뒤 한중을 얻고, 남쪽 지방을 공략하여 천하를 세 곳으로 나누는 일이었습니다. 이제 그 시기가 코앞으로 다가왔습니다."

공명은 조조를 물리칠 방법을 유비에게 자세히 설명했다. 다 듣고 난 유비는 크게 기뻐하며 이적을 불러 명령했다.

"형주로 달려가 관운장을 만난 뒤 강동으로 건너가시오."

이적은 먼저 형주로 관우를 만난 뒤 유비의 편지를 건넸다. 그런 다음 배를 타고 오나라로 건너가 건업으로 손권을 찾아갔다.

"무슨 일로 왔는가?"

이적을 보자 손권이 퉁명스럽게 물었다. 관우를 죽이려다 실패한 뒤라 이적을 대하는 손권의 목소리는 냉담했다.

"우리 주군께서 이미 약조한 대로 장사와 계양, 영릉의 세 군을 돌려드리겠답니다. 원래는 형주와 남군, 영릉까지 돌려

드려야 마땅한 일이나 조조가 한중을 차지한 뒤라 상황이 여의치 않은 상탭니다."

"조조가 한중을 차지했으니 촉도 위험한 상태로군."

손권의 목소리가 부드러워졌다. 기회를 놓치지 않고 이적이 말했다.

"조조가 촉을 치게 되면 우리 주군은 갈 곳이 없어집니다. 그래서 형주를 반밖에 돌려드리지 못하는 것이지요. 그래서 한 가지 청을 드릴까 합니다."

"무슨 청인가?"

"조조가 대군을 이끌고 한중에 머물고 있으니 그 빈틈을 노려 합비성을 공격해 주십시오. 조조가 군사를 돌리면 우리 주군께서는 그때 한중을 차지하실 생각입니다. 한중을 빼앗는 즉시 나머지 형주 땅을 돌려드리겠답니다."

합비성은 강북과 강동 사이에 위치한 조조의 땅이었다.

"음……."

손권은 한동안 깊은 생각에 잠겼다. 아무리 생각해도 밑질 것 없는 장사였다.

"유황숙의 의견을 받아들이겠소. 대신에 속히 형주 세 군을 우리에게 돌려주시오."

손권은 이적이 떠나자 각지에 명을 내려 군사를 일으켰다. 명을 받은 군사와 장수들이 속속 모여들었다. 손권은 여몽과 감녕을 선봉으로, 장흠과 반장을 후군으로 삼은 다음 주태와 진무, 동습, 서성, 정봉 등을 이끌고 합비성을 향해 출발했다.

합비성으로 가기 위해서는 환성을 지나가야 했다. 오군이 환성 가까이 이르자 성 위에서 화살이 빗발처럼 쏟아졌다. 오군은 쏟아지는 화살을 뚫고 앞으로 전진했다. 수백 개의 사다리가 성벽에 걸쳐졌다.

"나를 따르라!"

맨 앞에서 감녕이 사다리를 기어올랐다. 화살이 소나기처럼 감녕을 향해 날아왔다. 감녕은 재빨리 나무 방패를 위로 쳐들었다. 퍽퍽, 소리를 내며 화살이 방패에 날아와 꽂혔다. 오군은 방패를 들고 용감하게 감녕의 뒤를 따랐다.

"안 되겠다! 뜨거운 물을 부어라!"

주광이 성문 위에서 소리쳤다. 주광은 환성을 지키던 조조의 부장이었다. 뜨거운 물벼락이 감녕을 덮쳤다.

"앗, 뜨거워!"

감녕은 하마터면 사다리에서 떨어질 뻔했다. 감녕은 이를 악물고 다시 사다리를 기어올랐다. 마침내 감녕은 성루 위에 도착했다. 감녕을 보자 주광이 칼을 휘두르며 달려왔다. 감녕이 자세를 낮추고 달려오는 주광의 몸을 받아넘겼다. 주광은 성벽 아래로 날아가 그대로 처박혔다.

"와아!"

싸움을 지켜보던 오나라 군사들은 벌 떼처럼 성벽을 기어올랐다. 대장이 죽자 조조군은 성을 버리고 멀리 합비로 달아났다. 오군은 달아나는 조조군을 수십 리까지 뒤쫓아 무차별적으로 베어 넘겼다.

다음 날 손권은 대군을 이끌고 합비성으로 향했다. 능통이 군사를 이끌고 달려와 합류했다. 손권이 이끄는 오나라 군사는 10만 명이나 되었다. 합비성은 장요가 이전, 악진과 함께 지키고 있었다. 장요는 한중 땅에 머물고 있는 조조에게 급히 전령을 보내 손권의 침략을 알렸다.

소식을 듣자 조조는 펄쩍 뛰었다.

"하필이면 이럴 때 공격을 해 오다니, 도저히 용서할 수 없다!"

화가 치민 조조는 온몸을 부들부들 떨었다. 조조는 한중에 머물던 군사를 모두 수습하여 합비로 향하게 했다. 한편으론 수도인 허창에 전령을 보내 군사를 일으켰다. 40만이나 되는 엄청난 대군이었다.

그 사이 손권은 합비에 이르러 맹렬히 성을 공격했다. 그러나 성은 꼼짝도 하지 않았다. 오히려 기습을 당해 많은 군사를 잃었다. 조조가 달려온다는 소식을 듣자 손권은 할 수 없이 군사를 몰고 유수로 후퇴했다.

"혹 떼려다가 혹만 붙였군!"

손권은 뒤늦게 후회했다. 그러자 장소가 아뢰었다.

"우리가 물러나면 조조는 거침없이 공격을 계속할 것입니다. 차라리 정면으로 조조와 맞서 우리의 위용을 보여 주십시오."

손권은 그 말을 옳게 여겨 싸울 준비에 들어갔다. 보름 뒤 조조군이 유수구 맞은편 언덕에 모습을 드러냈다. 양쪽 군대는 별다른 싸움 없이 밤을 맞이했다. 밤이 이슥해지자 감녕이 손권을 찾아가 말했다.

"제가 한 몸처럼 기르는 1백 명의 결사대가 있습니다. 명을 내려 주십시오. 오늘 밤 조조의 진영을 습격하여 모조리 뒤집어 버리겠습니다."

손권이 눈을 크게 뜨고 물었다.

"그대의 용기는 가상하다. 하지만 백 명으로 어찌 40만 대군과 싸운단 말인가?"

감녕이 고개를 흔들었다.

"죽기로 싸우는데 못 이룰 일이 어디 있단 말입니까? 허락하여 주십시오."

감녕의 용기에 손권은 거듭 감탄했다.

"그대는 강동 제일의 맹장이로다!"

막사로 돌아온 감녕은 결사대를 불러 모았다.

"오늘 밤 조조군을 습격할 것이다. 두려운 자는 한 발 뒤로 물러서라."

아무도 물러서지 않았다. 감녕은 술을 가져오게 하여 군사들에게 한 사발씩 나누어 주었다.

"장군을 따르겠습니다!"

사발을 내던진 뒤 군사들은 일제히 말에 올라탔다.

"우리는 천하무적 강동의 군사들이다. 누가 우리 앞을 막을쏘냐!"

백 명의 결사대는 질풍처럼 40만 조조군 진영으로 뛰어들었다. 잠을 자던 조조군은 우왕좌왕하며 길을 열어주었다. 감녕과 1백 명의 정예 결사대는 닥치는 대로 조조군을 짓밟았다. 결사대는 동에 번쩍 서에 번쩍 움직였다. 조조군은 자기편끼리 화살을 쏘고 칼을 휘둘렀다. 질서 정연하게 세워졌던 조조군 막사는 순식간에 아수라장으로 변했다.

"저놈들을 모조리 사로잡아라!"

조조군은 뒤늦게 정신을 차리고 감녕군을 뒤쫓았다. 한바탕 조조군을 짓밟은 감녕은 재빨리 군사를 거두어 오군 진지로 돌아왔다. 돌아와 세어 보니 백 명 가운데 죽거나 다친 군사는 단 한 명도 없었다.

"참으로 신출귀몰한 솜씨였소."

손권은 좋은 칼 백 자루를 그들에게 선물로 하사했다.

감녕이 조조군을 뭉개고 돌아오자 오군은 사기가 크게 올랐다. 약이 오른 조조는 아침 일찍 장요를 시켜 오군을 공격하게 했다.

"제가 장요의 목을 가져오겠습니다."

능통이 손을 번쩍 들고 일어섰다. 손권은 능통에게 군사 5천을 주어 장요를 막게 했다. 능통이 칼을 휘두르며 달려오자 장요는 악진을 내보냈다. 악진과 능통은 양쪽 군사들이 지켜보는 가운데 50합을 치고받았다.

싸움이 길어지자 조조가 부하에게 명령했다.

"활로 능통을 쏘아라!"

비겁한 방법이었지만 작전은 보기 좋게 성공했다. 날아간

화살은 능통이 타고 있던 말을 맞추었다. 그 바람에 능통은 말에서 굴러 떨어졌다. 조조는 때를 놓치지 않고 전군에 공격 명령을 내렸다. 40만 대군이 폭풍처럼 오나라 군사들을 짓밟았다. 용감하게 싸웠지만 오군은 점차 뒤로 밀려났다. 오군은 사방에서 조조군에게 포위되었다.

"손권을 사로잡아라!"

싸움을 지켜보던 조조가 명령했다. 조조군이 벌 떼처럼 손권을 에워쌌다. 주태가 손권을 방패로 가리고 배가 있는 곳까지 호위했다. 강변에 있던 여몽이 재빨리 손권을 배에 태웠다. 조조군이 빠른 배를 타고 손권을 뒤쫓았다. 동습이 죽음을 각오하고 그들을 막아섰다. 오군은 크게 패해 강동으로 쫓겨 갔다.

많은 군사들이 목숨을 잃었다. 장수들도 마찬가지였다. 동습은 배가 뒤집히는 바람에 물에 빠져 죽었고 진무는 방덕과 싸우다가 목이 달아났다. 주태와 서성, 여몽 등도 몸에 수십 군데나 상처를 입었다.

조조는 그대로 군사를 몰아 오군을 뒤쫓았다. 강 건너로 도망쳤던 오군은 또다시 위기에 빠졌다. 그때 돌연 강 아래쪽에서 수백 척의 배가 나타났다. 다른 곳을 지키고 있던 육손이 손권을 도우러 달려온 것이었다. 육손이 나타나자 싸움은 다시 역전되었다. 오군은 함성을 지르며 조조군을 강 건너로 몰아냈다.

그날 이후 오군은 유수를 굳게 지키며 싸움에 나오지 않았다. 조조도 많은 군사를 잃은 터라 쉽게 공격하지 못했다. 조조는 길게 한탄했다.

"손권은 과연 뛰어난 인물이다. 자식을 낳으려면 손권 같은 자식을 낳아야 한다."

며칠 뒤 조조는 군사를 거두어 합비성으로 퇴각했다.

조조가 합비로 물러나자 손권은 유수를 주태와 장흠에게 맡기고 건업으로 돌아갔다. 손권이 수도로 떠나자 조조도 합비성을 조인과 장요에게 맡기고 허창으로 돌아갔다.

양쪽 군사가 물러가긴 했지만 불씨는 여전히 남아 있는 셈이었다.

74. 위왕이 된 조조

조조는 백성들의 환영을 받으며 허창으로 돌아왔다. 서쪽에 있는 한중 땅을 차지하고 합비를 침략한 손권까지 물리친 터였다. 대신들은 성문 밖까지 몰려나와 조조의 덕을 칭송했다.

조조는 또다시 왕이 되고 싶은 욕심에 사로잡혔다. 옆에 있던 간신들이 조조의 마음을 모를 리 없었다.

"촉과 강동을 제외하면 대륙 전체가 승상의 땅이 되었습니다. 이번 기회에 왕위에 올라 그 위엄을 천하에 과시하십시오."

너무나 듣기 좋은 소리였다.

"그대들의 뜻이 그러하다면 받아들이겠소."

조조는 못이기는 척 그 청을 수락했다. 순욱과 순유가 죽은 뒤라 아무도 반대하는 신하가 없었다.

위왕이 되기 위해서는 황제의 허락이 필요했다. 대신들은 조조를 위왕에 봉하자는 글을 만들어 황제를 찾아갔다. 허수아비 황제는 두말없이 조조를 왕에 봉했다. 조조는 자신이 다스리는 땅을 '위나라'라 부르게 했다. 건안 21년 5월, 조조의 나이 예순한 살 되던 해의 일이었다.

조조는 화려한 의식을 거행하며 왕위에 올랐다. 그런 다음 허창 북쪽에 있는 업군 땅에 궁궐을 짓게 했다. 황제가 살고 있는 궁궐보다 몇 배나 화려한 궁궐이었다.

궁궐이 완성되자 조조는 조비를 세자에 임명했다. 조조의 첫째 아들은 첩 유씨가 낳은 조앙이었다. 조앙은 장수를 치러 갔을 때 조조를 대신해 목숨을 잃었다. 조비는 두 번째 첩 변씨가 낳은 아들이었는데 꾀가 많고 성격이 포악한 인물이었다.

모든 일이 끝나자 조조는 문무백관들을 궁궐로 초청했다. 맛있는 음식이 산더미처럼 차려졌다. 악사들이 아름다운 음악을 연주하는 가운데 황금 가마를 탄 조조가 등장했다. 조조는 모처럼 나라 일을 잊고 마음껏 취했다. 대신들은 이구동성으로 조조의 건강과 장수를 기원했다.

그런데 잔치가 한창 무르익을 무렵이었다. 늙은 노인 하나가 조조 앞으로 뛰어들며 소리쳤다.

"황제를 두고 어찌 감히 왕 노릇을 할 수 있단 말인가? 나라가 안정을 찾고 백성들의 삶이 윤택해졌으니 조조는 이제 그만 권좌에서 물러나라!"

조조는 하얗게 질려 소리쳤다.

"너는 어디서 굴러먹은 비렁뱅이냐?"

"나는 오랫동안 도를 닦아 신선이 된 좌자라는 사람이다. 하늘을 대신하여 너의 죄를 물으려고 찾아왔다!"

좌자는 애꾸눈에 비쩍 마른 노인이었다. 푸른 옷을 입고 있었는데 차림새가 거지나 다름없었다.

화가 치민 조조가 군사들에게 명령했다.

"여봐라! 저 미친 늙은이를 끌어내어 목을 쳐라!"

좌우에 늘어섰던 군사들이 득달같이 달려들었다. 그중 한 군사가 칼로 좌자의 목을 내리쳤다. 그런데 땅으로 떨어졌던 좌자의 목이 거짓말처럼 도로 몸통에 달라붙었다.

"소용없는 일이다. 나는 신선이라 죽지 않는다."

좌자가 껄껄 웃으며 조조를 비웃었다.

"여기 온 목적이 무엇이냐?"

조조가 정색을 하고 물었다.

"네가 죽는 날을 말해 주러 왔다!"

좌자의 말에 조조는 깜짝 놀랐다.

"그래, 내가 언제 죽는단 말이냐?"

"앞으로 5년 뒤에 네놈은 죽을 것이다!"

조조는 얼굴이 하얗게 질렸다.

"요망한 늙은이다. 화살을 쏘아 저놈을 죽여라!"

군사들이 좌자를 향해 일제히 화살을 날렸다. 화살이 막 좌자의 몸을 꿰뚫기 직전이었다. 갑자기 세차게 바람이 일며 화살을 모조리 떨어뜨렸다. 좌자가 뭐라고 주문을 외우자 떨어진 화살이 방향을 바꿔 조조에게 날아갔다.

"으악!"

조조는 술잔을 내던지며 재빨리 화살을 피했다. 너무 놀란 조조는 입에 거품을 물고 그 자리에 쓰러졌다. 대신들은 급히 조조를 업고 궁궐 안으로 들어가 자리에 눕혔다.

그날 이후 조조는 자리에서 일어나지 못했다. 원인 모를 병으로 인해 땀을 흘리며 시름시름 앓았다.

"왕이 귀신에 씌었다!"

조조가 병에 걸리자 백성들이 수군거렸다. 보다 못한 대신들은 관로라는 점쟁이를 조조에게 데리고 갔다. 관로는 귀신을 잘 쫓기로 유명한 사람이었다.

관로를 보자 조조가 침상에 누운 채로 물었다.

"좌자라는 노인이 나타난 이후 내 몸이 이렇게 되었네."

조조가 자초지종을 설명하자 관로가 대답했다.

"좌자의 술법에 잠시 놀라신 듯합니다. 곧 몸이 가뿐해질 테니 너무 염려하지 마십시오."

몸이 낫는다는 말을 듣자 조조는 뛸 듯이 기뻐했다.

"천하는 어찌 되겠는가? 강동의 손권과 서촉의 유비에 대해 자세히 알고 싶네."

관로가 작은 목소리로 대답했다.

"오나라는 대장 한 명을 잃을 운세이며 서촉은 조만간 군사를 움직여 위나라를 침략할 것입니다."

조조가 이것저것 더 물었지만 관로는 더 이상 대답하지 않았다. 관로가 돌아가자 놀라운 일이 벌어졌다. 조조의 몸이 언제 그랬냐는 듯 가뿐하게 나은 것이었다. 놀라운 일은 거기서 그치지 않았다.

"오나라 노숙이 병으로 죽었답니다."

정탐을 나갔던 신하가 돌아와 보고했다. 관로의 말이 계속해서 들어맞자 조조는 내심 걱정이 되었다.

"이제 서촉이 우리 경계를 침범하는 일만 남았군!"

조조는 서촉으로 몰래 사람을 보내 상태를 살피게 했다. 보름 뒤 서촉에서 우려하던 소식이 날아들었다.

"장비와 마초가 한중을 공격해 오고 있습니다."

조조는 기절할 지경이었다.

"한달음에 달려가 공명과 유비를 죽이고 서촉을 평정하리라!"

공격 준비를 하며 조조는 혹시나 해서 관로를 불렀다.

"이번에 서촉을 칠까 하는데 점을 좀 봐 주게."

관로는 고개를 흔들었다.

"내년 초에 반란이 일어나 허창에 큰 불이 날 것입니다. 대왕께서는 수도를 비우지 마시고 부하 장수들을 보내십시오."

관로의 말을 듣자 조조는 자신이 가려던 계획을 포기했다. 대신 조조는 조카인 조홍에게 5만 군사를 준 뒤 명령했다.

"장합과 함께 한중을 철통같이 수비하라!"

그런 뒤 하후연에게 다시 3만 군사를 주어 조홍을 돕게 했다.

서촉과 싸울 일이 끝났지만 아직 한 가지 걱정이 남아 있었다. 그것은 내년 초에 허창에 커다란 불이 날 것이라는 관로의 예언이었다. 조조는 부장 왕필에게 군사 3천을 주어 궁궐 주변을 지키게 했다. 왕필은 동화문 밖에 막사를 세우고 화재가 일어날 것에 대비했다.

한편, 조조가 위왕에 오르자 이를 미워하는 신하들이 늘어갔다. 벼슬을 버리고 고향으로 돌아가는 사람들도 있었고 힘을 모아 조조를 죽이려 하는 사람도 생겨났다. 그들 중에는 경기와 위황, 김위라는 세 사람이 있었다. 세 사람 모두 허창에서 작은 벼슬을 하고 있었는데 조조를 몹시도 미워했다.

어느 날 경기와 위황이 김위를 찾아가 말했다.

"조조가 하는 짓을 더는 두고 볼 수 없게 되었소. 이번 기회에 사람을 모아 조조를 죽여 버립시다."

김위가 대답했다.

"그러기 위해서는 사람이 더 필요하네. 길평의 아들 둘을 불러오세."

길평은 독약으로 조조를 죽이려다가 실패했던 의원이었다. 길평이 조조에게 잡혀 죽자 그 아들들은 시골로 도망쳐 근근이 살아가고 있었다. 김위는 하인을 보내 길평의 두 아들을 데리고 왔다.

"아버님의 원수를 한시도 잊은 적이 없습니다."

얘기를 듣고 난 길평의 두 아들은 주먹을 불끈 쥐었다.

마침내 그들은 조조를 죽일 계획을 마련했다. 거사 날짜는 정월 대보름날이었다. 김위가 자세한 계책을 말했다.

"조조를 죽이려면 먼저 동화문 밖에서 궁궐을 지키는 왕필을 죽여야 하네. 대보름날 달이 뜨면 동화문에 불을 지르세. 그런 다음 황제를 모시고 나와 백성들에게 역적 조조를 치자고 소리 지르세. 그리고 백성들과 궁궐로 밀고 들어가 조조를 처단하세."

"조조를 따르는 장수들이 수천 명이네. 그 다음엔 무엇을 어찌할 생각인가?"

위황이 걱정스러운 얼굴로 물었다. 김위가 자신 있게 대답했다.

"서촉에 있는 유황숙을 불러들이면 될 것이네."

세 사람은 약속을 지키기로 굳게 맹세하고 헤어졌다.

드디어 정월 대보름날이 되었다. 하늘은 맑고 구름 한 점 없었다. 둥근 달이 사방을 대낮처럼 비추었다. 집집마다 등불을 밝히고 백성들이 거리로 쏟아져 나왔다. 풍악이 울리고 곳곳에서 대보름 놀이가 열렸다.

궁궐을 지키던 왕필도 흥겨운 기분이 되었다. 왕필은 부하들에게 술을 내리고 장수들을 불러 잔치를 열었다.

그런데 자정이 넘었을 무렵이었다. 갑자기 동화문 뒤쪽에서 시뻘건 불길이 치솟았다. 동화문이 불타는 가운데 한 떼의 장정들이 쏟아져 나왔다. 그들을 지휘하고 있는 사람은 경기였다.

"조조를 죽여라!"

"한나라 황실을 되찾자!"

장정들이 모인 백성들을 향해 소리쳤다. 점차 가담하는 백성들이 늘어났다. 백성들은 무리를 이루어 조조가 있는 궁궐로 침입했다. 매캐한 연기가 달을 가렸다. 깜짝 놀란 왕필은 술잔을 내던지고 황급히 말에 올라탔다.

멀리서 그 모습을 지켜보던 경기가 화살로 왕필을 쏘았다. 화살에 맞은 왕필은 피를 흘리며 조조의 조카인 조휴를 찾아갔다. 조휴는 군사를 거느리고 궁궐 가까운 곳에 진을 치고 있었다.

"반란입니다! 반란이 일어났소!"

조휴는 군사를 이끌고 반란 장소로 달려갔다. 밤새 치열한 전투가 전개되었다. 그러나 싸움은 반란군에게 불리하게 돌아갔다. 반란군은 싸움이라고는 해본 적이 없는 평범한 백성들이 대부분이었다. 조조군은 금세 수만 명으로 늘어났다. 아침이 되었을 때 수천 명의 장정들이 떼죽음을 당한 채 반란은 실패로 막을 내렸다.

조조는 겨우 놀란 가슴을 쓸어내렸다.

"관로의 예언이 적중했구나."

조조는 거듭 감탄했다.

경기와 위황, 김위 등 반란을 주동한 인물들이 차례로 잡혀왔다. 조조는 그들 가족까지 모조리 죽이라고 명령했다.

"조조를 죽이지 못하고 먼저 죽는 게 원통하구나!"

경기와 위황은 형장으로 끌려가면서도 조조를 향해 욕을 멈추지 않았다.

75. 피바람 부는 한중

대륙 서쪽에서는 관로의 예언대로 큰 싸움이 벌어졌다.

먼저 싸움을 일으킨 쪽은 서촉이었다. 공명은 장비와 마초에게 군사를 주고 한중을 공격하게 했다. 장로의 땅이었던 한중은 조조의 한중 공략전 이후 조조의 땅이 되었다. 유비는 한중을 빼앗아 조조와 손권에 맞설 수 있는 나라를 세울 계획이었다.

싸움에 나선 선봉장은 장비와 마초였다. 두 장수는 각각 1만

5천의 군사를 거느리고 경쟁하듯 한중으로 들어갔다. 한중을 지키던 조홍은 하후연에게 정군산을, 장합에게 몽두엄을 지키게 하고 장비와 마초를 기다렸다.

장비는 서촉에서 항복한 뇌동을 거느리고 파서 땅으로 진격했다. 마초 역시 서촉 장수였던 오란을 이끌고 하관으로 나아갔다.

먼저 조홍과 부딪친 장수는 마초의 선봉인 오란이었다.

"공격하라!"

조홍을 보자 오란은 앞뒤 가리지 않고 군사들을 다그쳤다. 오란은 이번 기회에 공을 세우고 이름을 떨치고 싶어 했다. 그러나 조홍은 수도 없이 싸움터를 누빈 명장이었다. 섣불리 공격하던 오란은 오히려 역습을 당해 절반이나 되는 군사를 잃었다.

"못난 놈! 왜 함부로 적을 공격했느냐?"

오란이 쫓겨 오자 마초는 불같이 화를 냈다. 마초는 군사들을 산 위로 숨기고 더는 조홍과 싸우지 않았다. 조홍의 군사가 많았기 때문이다.

마초가 싸우지 않자 조홍은 장합에게 파서를 공격하게 했다. 장합은 3만 군사를 거느리고 장비가 머물고 있는 파서로 떠났다. 장합이 온다는 소식을 듣자 장비가 뇌동을 불러 말했다.

"이번에 조조군의 씨를 말리세. 좋은 방법이 없겠나?"

생각에 잠겼던 뇌동이 대답했다.

"동쪽에 위치한 낭중은 땅이 거칠고 산세가 험한 곳입니다. 장군께서는 군사를 거느려 정면으로 적을 치십시오. 제가 복병을 거느려 뒤에서 호응하겠습니다."

뇌동은 서측 출신으로 근처 지형에 익숙한 장수였다. 장비는 뇌동에게 날랜 군사 5천을 주고 먼저 낭중 땅에 들어가 매복하게 했다. 장비는 남은 군사 1만을 거느리고 천천히 낭중으로 나아갔다

낭중 30리 밖까지 갔을 때였다. 깃발을 흔들며 조조군이 밀려왔다. 양쪽 군대는 벌판 한가운데 군사를 늘여 세웠다.

장비가 큰 소리로 장합을 불렀다.

"죄 없는 부하들 죽이지 말고 나와 단 둘이 싸우자!"

장합이 사양할 리 없었다. 두 장수는 창과 창을 부딪치며 미친 듯 30합을 겨루었다. 바로 그때, 돌연 조조군 뒤편에서 함성이 일었다. 매복해 있던 뇌동이 조조군을 기습한 것이었다. 앞뒤로 공격을 받자 조조군은 크게 당황했다.

"안 되겠군!"

싸움이 불리해지자 장합은 급히 말 머리를 돌렸다. 장비와 뇌동은 앞뒤에서 조조군을 토끼 몰 듯 들이쳤다. 만여 명의 조조군이 순식간에 목숨을 잃었다. 장합은 남은 군사를 이끌고 근처에 있는 암거산 꼭대기로 기어올라 갔다.

그 상태로 며칠이 지나자 장비는 울화가 치밀었다. 장비는 군사들을 시켜 욕을 퍼붓게 했다.

"장합은 아이만도 못한 놈이다!"

"겁쟁이 장합은 썩 내려와라!"

그러나 장합은 꼼짝도 하지 않았다. 성격이 급한 장비는 그대로 산으로 밀고 올라갔다. 그러자 산 위에서 바위와 돌멩이가 마구 쏟아졌다. 장합은 산꼭대기에 튼튼한 요새를 구축하고 장비군을 마구 공격했다.

한 달이 훌쩍 지나갔다. 장비는 애간장이 타서 화병이 생길 지경이었다. 그러다가 장비는 기어이 한 가지 꾀를 생각해 냈다.

장비는 싸움을 중지하고 소와 돼지를 잡아 군사들에게 술을 내렸다. 하루, 이틀, 잔치는 매일같이 계속되었다. 산꼭대기에 진을 친 조조군은 먹을 것이 거의 떨어진 상태였다. 바람을 타고 맛있는 음식 냄새가 솔솔 풍겨 왔다. 고기 굽는 냄새와 향기로운 술 냄새가 계곡을 진동했다. 장합의 부하들은 코를 벌렁거리며 침을 삼켰다.

"조금만 참고 기다려라. 장비는 제 풀에 지쳐 돌아갈 것이다."

그래도 장합은 군사를 움직이지 않았다.

어느 날 성도에서 사람이 암거산에 당도했다. 유비가 싸움의 진행 상황을 알아보기 위해 보낸 전령이었다. 연일 술만 먹는 장비를 보자 전령은 깜짝 놀랐다. 전령은 성도로 돌아가 유비에게 사실을 일러바쳤다.

"큰일 났구나! 장비가 또 술병이 도진 모양이야."

소식을 들은 유비는 한숨을 쉬며 걱정했다. 공명이 껄껄 웃으며 대답했다.

"너무 걱정하지 마십시오. 익덕에게도 무엇인가 생각이 있을 겁니다."

공명은 좋은 술 50항아리를 골라 위연에게 준 뒤 장비에게 보냈다. 술을 보자 장비는 입이 잔뜩 벌어졌다. 장비는 다시 크게 잔치를 베풀어 먹고 마시게 했다.

"장비가 나를 우습게 여기는구나. 적이 술에 취하면 일제히 공격하라!"

장합은 밤이 되기를 기다려 군사를 몰고 산을 내려왔다. 장합은 앞장서서 살금살금 장비가 있는 곳으로 다가갔다. 촛불이 타는 가운데 장비는 그때까지도 술을 마시고 있었다.

"오냐, 어디 죽어 봐라!"

장합은 장비를 죽일 수 있는 좋은 기회가 왔다고 생각했다. 장합은 불화살을 쏘며 공격 명령을 내렸다. 그런 뒤 수십 명의 날랜 군사를 이끌고 장비를 덮쳤다.

장비는 여전히 막사 안에 앉아 있었다. 장합은 들고 있던 창으로 장비의 등을 푹 찔렀다. 장비의 몸은 가볍게 옆으로 쓰러졌다.

"앗!"

그 순간 장합은 자기의 눈을 의심했다. 창으로 찌른 것은 장비가 아니라 장비처럼 꾸며 놓은 인형이었다.

"속았다. 후퇴하라!"

놀란 장합이 급히 도망치려 할 때였다. 고리눈에 범 수염을 한 장비가 벼락 치듯 호통을 내질렀다.

"장합은 목을 두고 가라!"

장합은 들고 있던 창을 떨어뜨리고 헐레벌떡 도망쳤다. 그 사이 뇌동은 장합이 진을 쳤던 암거산을 불태웠다. 장비는 달아나는 장합을 쫓으며 조조군을 마구 짓밟았다. 장합은 또다시 군사 1만을 잃고 와구관으로 도망쳤다.

와구관에 도착한 장합은 조홍에게 전령을 보내 도움을 요청했다. 그때 뇌동이 군사를 이끌고 와구관으로 들이닥쳤다. 장합은 눈앞이 캄캄해졌다. 죽기를 각오하고 싸우는데 뇌동이 겁도 없이 장합을 향해 달려들었다.

두 장수는 한데 어우러져 10여 합을 주고받았다. 그러나 뇌동은 장합의 상대가 아니었다. 뇌동이 빈틈을 보이자 장합의 창이 여지없이 몸을 관통했다.

"와아!"

조조군은 금세 기세가 올랐다.

소식을 듣자 장비는 땅을 치며 분해했다. 다음 날 장비는 모든 군사를 이끌고 와구관을 공격했다. 장합은 관문을 굳게 닫고 밖으로 나오지 않았다. 계곡을 막아 만든 와구관은 천혜의 요충지였다. 성벽을 기어오르지 않으면 도저히 뚫고 들어갈 길이 없었다.

장비는 또다시 발만 동동 구르며 시간을 보냈다.

그러던 어느 날이었다. 정찰을 나갔던 장비는 허름한 행색의 노인들 몇 명을 만났다. 등에 바구니를 짊어진 약초 캐는 노인들이었다.

"그대들은 어디로 가는 참인가?"

장비가 노인들에게 물었다.

"와구관 뒤로 돌아가는 길입니다."

노인 하나가 대수롭지 않게 대답했다.

"아니, 저 높은 절벽을 어떻게 올라간단 말인가?"

장비의 두 눈이 번쩍 빛났다.

"절벽 뒤로 돌아가는 샛길이 있습지요. 그 길을 따라가면 와구관을 통과할 수 있습니다."

"고맙소, 노인장!"

장비는 크게 기뻐하며 노인들에게 술과 음식을 내렸다.

다음 날 장비는 위연을 불러 명령했다.

"군사를 둘로 나누어 장군은 와구관을 정면에서 공격하시오. 나는 샛길로 들어가 놈들의 본거지를 불태우리라!"

위연은 군사를 이끌고 관문 앞을 공격했다. 장합은 관문을 굳게 닫고 화살을 쏘며 저항했다. 위연이 시간을 끄는 동안 장비는 마침내 관문 안으로 깊숙이 침입했다.

"와!"

군사들은 앞 다투어 조조군 진영을 불태웠다. 뒤에서 불길이 치솟자 장합은 급히 말에 올라탔다. 장합을 발견한 장비가 눈을 부릅뜨고 쫓아왔다. 장합은 박차를 가하며 샛길로 말을 재촉했다. 그러나 길이 좁아 더는 말을 타고 지날 수 없었다. 장합은 말을 버리고 허둥지둥 산 위로 기어올랐다.

장합이 쫓겨 오자 조홍은 칼을 빼 들고 소리쳤다.

"삼만이나 되던 군사는 어디에 두고 너 혼자 도망 오느냐?"

장합은 아무런 대꾸도 하지 못하고 고개를 숙였다.

"당장 저놈의 목을 베라!"

조홍은 주저 없이 명령했다. 부하들이 장합을 끌어내자 부장인 곽회가 급히 말리고 나섰다.

"장합 장군은 위왕께서 아끼는 장수입니다. 군사를 주어 다시 싸울 기회를 주십시오."

"음……."

조홍은 처음부터 장합을 죽일 마음이 없었다.

"제게 오천 군사만 주십시오. 가맹관을 쳐부수겠습니다."

장합이 결연한 목소리로 말했다.

"만약 가맹관을 얻지 못하면 군령으로 다스리겠네."

조홍은 그제야 얼굴을 폈다.

"반드시 복수를 하고 오겠소."

장합은 그 길로 5천 군마를 이끌고 가맹관으로 떠났다.

가맹관을 지키던 촉군 장수는 맹달과 곽준이었다.

"적은 먼 길을 오느라 지쳐 있을 것이오. 내가 군사를 이끌고 나가 기습하리다."

맹달이 자신만만한 얼굴로 말했다. 먼저 적을 공격하여 공을 세울 생각이었다. 싸움에 지고 돌아가면 목이 달아날지도 모르는 장합이었다. 맹달을 보자 장합은 죽기살기로 달려들었다. 맹달은 크게 패해 관문 안으로 도망쳤다.

맹달과 곽준은 급히 성도로 전령을 보내 위급함을 알렸다.

유비는 모든 대신과 장수들을 한 자리에 불러 모았다.

"가맹관이 위험하니 이를 어찌하면 좋겠소?"

공명이 어두운 표정으로 대답했다.

"장합은 조조군 장수 중에 단연 으뜸가는 맹장이지요. 장합과 싸울 수 있는 장수는 우리 촉군 중에 익덕 장비밖에 없습니다. 속히 와구관으로 전령을 보내십시오."

그러자 한 장수가 의자를 박차고 벌떡 일어났다.

"말씀이 심하시구려. 공명 군사께선 어찌하여 다른 장수들을 믿지 못하는 거요?"

그는 늙은 장수 황충이었다.

"황 장군의 용맹을 내 어찌 모르겠소. 하지만 황 장군은 나이가 칠순에 가까우니 장합과 싸우기가 힘들 것이오."

공명이 단호하게 말했다. 황충의 화를 돋구어 공을 세우게 할 생각이었다. 황충이 백발을 곤두세우며 소리쳤다.

"내 비록 늙었으나 아직 쌀 세 가마니를 들어 올릴 수 있고 천 근 무쇠창을 자유롭게 사용하는 몸이오. 어찌 장합 따위를 이기지 못하겠소?"

그제야 공명은 고개를 끄덕였다.

"장군의 용맹이 하늘을 찌르는구려. 엄안 장군과 함께 가서 장합을 상대하시오."

엄안 역시 황충과 마찬가지로 나이가 칠순에 가까운 노장이었다.

"장합의 목을 베지 않으면 돌아오지 않으리다!"

황충과 엄안은 기쁜 얼굴로 명령을 받았다.

두 장군이 떠나자 대신들은 여기저기서 수군거렸다. 보다 못한 조자룡이 한마디 했다.

"군사는 어찌하여 두 노장만으로 조조를 막으려 하시오. 가맹관은 성도로 들어오는 가장 중요한 관문이라는 사실을 잊으셨소? 가맹관이 뚫리면 서촉도 무사하지 못할 것이오."

공명은 빙그레 미소를 지었다.

"두 노장을 보낸 것은 다 이유가 있기 때문이오. 두고 보시오. 두 장수가 한중 땅을 보란 듯이 빼앗고 돌아올 것이오."

조자룡은 물론 듣고 있던 여러 장수들은 입이 딱 벌어졌다. 도저히 믿기지 않는 이야기였다. 공명이 한마디 덧붙였다.

"일찍이 난 유황숙 어른께 천하를 셋으로 나눌 계획을 말씀 드렸소. 즉 서촉을 얻은 뒤에 한중을 차지하여 대륙 서쪽을 완전히 장악하는 것이오. 이제 그 천하삼분의 시기가 코앞으로 다가왔소."

공명은 의미 있는 웃음을 지으며 그 자리를 떠났다.

76. 늙은 장수, 황충과 엄안

황충과 엄안은 군사를 이끌고 가맹관으로 나아갔다. 두 장군을 보자 누구보다 놀란 사람은 맹달과 곽준이었다.

"아니, 어쩌자고 저렇게 늙은 장수를 둘씩이나 보냈단 말인가?"

맹달과 곽준은 한숨을 내쉬었다.

그 모습을 보자 황충이 엄안에게 말했다.

"모든 장수들이 우릴 믿지 못하고 있소. 공을 세워 저들을 깜짝 놀라게 해 줍시다."

엄안은 두 주먹을 불끈 쥐었다.

"싸움에 이기지 못하면 돌아가지도 않을 것이오."

다음 날 황충과 엄안은 군사를 이끌고 조조군을 찾아갔다. 엄안은 날랜 군사를 거느리고 조조군 진지 뒤로 돌아갔다.

황충을 보자 장합은 큰 소리로 웃기부터 했다.

"꼬부라진 늙은이가 싸움터에 나왔구나. 서촉에 장수가 그렇게 없더냐?"

장합은 황충을 손으로 가리키며 웃음을 멈추지 않았다.

"네 이놈!"

화가 치민 황충이 장합을 향해 박차를 가했다. 두 장수는 한데 어우러져 20합을 주고받았다. 그때 돌연 조조군 등 뒤에서 함성이 일었다. 엄안이 샛길을 통해 조조군을 기습한 것이었다. 장합이 이끄는 5천 군사는 싸움 한 번 하지 못하고 뿔뿔이 흩어졌다. 황충과 엄안을 피해 장합은 자그마치 90리나 달아났다.

장합이 또 패했다는 소식을 듣자 조홍은 펄쩍 뛰었다.

"당장 장합을 잡아들여 목을 베라!"

그러자 곽희가 또 간청했다.

"지금 장합 장군을 나무라면 서촉의 유비에게 투항하기 쉽습니다. 차라리 다른 장수를 보내 장합을 돕게 하십시오."

조홍은 어쩔 수 없이 곽회의 말을 받아들였다. 대신에 하후돈의 조카 하후상과 부장 한호 등에게 군사 5천을 주어 장합을 돕게 했다.

한편 싸움에 이긴 황충과 엄안은 다음 작전을 구상했다.

지리에 밝은 엄안이 황충에게 건의했다.

"여기서 멀지 않은 곳에 천탕산과 미창산이란 곳이 있습니다. 그곳은 조조의 식량 기지가 있는 곳이지요. 한중에 머물고 있는 조조군은 대부분 그곳에서 식량을 지원받고 있습니다. 천탕산과 미창산을 점령하여 식량과 마초를 끊어 버리면 조조군은 저절로 물러갈 것입니다."

황충은 무릎을 탁 쳤다.

"참으로 뛰어난 생각이시오. 내가 이곳에서 시간을 끌고 있을 테니 장군은 그쪽으로 달려가 적의 군세를 살피고 계시오."

엄안은 어두운 밤을 이용해 천탕산 방향으로 떠났다.

다음 날 하후상과 한호가 군사를 몰고 나타나 싸움을 걸었다. 먼저 한호가 창을 들고 황충을 덮쳤다. 시간이 지날수록 한호의 창이 흔들렸다. 보다 못한 하후상이 말을 타고 달려와 한호를 도왔다. 세 장수는 어지럽게 20합을 주고받았다. 30합이 되었을 때 황충이 돌연 말 머리를 돌려 달아나기 시작했다.

"늙은이라 별 수 없군!"

하후상과 한호는 북을 울리며 황충을 추격했다. 황충은 20리나 도망친 뒤 산비탈에 주둔했다.

다음 날도 싸움은 비슷하게 전개되었다. 황충은 싸우는 척하다가 도망가기 바빴다. 하후상과 한호는 황충이 자신들을 유인하고 있는지 꿈에도 생각하지 못했다. 뒤늦게 달려온 장합이 충고했다.

"황충이 아무래도 우리를 속이고 있는 것 같소. 부디 신중해야 합니다."

그러자 하후상은 버럭 화를 냈다.

"그렇게 겁이 많으니 매번 패배한 거요. 도대체 무슨 낯으로 그런 충고를 하는 거요?"

장합은 얼굴이 빨개져 그 자리를 물러났다.

다음 날도 황충은 싸우는 척하며 도망쳤다. 급기야 맹달과 곽준이 있는 가맹관까지 도망쳤다. 그 모양을 보자 맹달과 곽준은 혀를 끌끌 찼다.

"노인장이 별수 있는가? 성도로 사람을 보내 구원을 요청하세."

전령의 보고를 받자 공명은 큰 소리로 웃기만 했다.

"어리석은 사람들, 아무도 황충과 엄안의 작전을 모르고 있구나."

그러나 다른 장수들은 공명의 말을 믿으려고 하지 않았다. 걱정이 된 유비는 양아들 유봉을 가맹관으로 보내 상황을 알아보게 했다.

유봉을 보자 황충이 물었다.

"자넨 여길 무엇 하러 왔는가?"

유봉은 솔직하게 대답했다.

"장군이 계속 후퇴만 하신다기에 도와주러 왔습니다."

"허허, 걱정하지 않아도 되네. 오늘 밤, 일거에 적을 무찌르겠네. 시간이 지나면 왜 이런 작전을 썼는지 알게 될걸세."

밤이 이슥해지자 황충은 군사 5천을 이끌고 가맹관을 나섰다. 조조군은 아무것도 모른 채 깊은 잠에 빠져 있었다. 황충은 조조군을 사방에서 포위한 뒤 막사에 불을 질렀다. 연기에 질식된 조조군이 기침을 하며 튀어나왔다. 촉군은 그들을 뒤쫓으며 연신 찌르고 베었다.

하후상과 한호는 잠옷 바람으로 포위망을 벗어났다. 황충은 군사를 다그쳐 그들을 맹렬히 추격했다. 하후상과 한호는 장합을 찾아가 도움을 요청했다. 그러나 이미 때가 늦은 뒤였다. 장합이 미처 갑옷을 입기도 전에 황충이 맹수처럼 들이닥쳤다. 황충의 거센 추격에 조조군은 허둥거리며 달아났다.

조조군은 한수에 이르러서야 촉군을 따돌릴 수 있었다. 장합은 숨을 헐떡이며 군사들을 세어 보았다. 남은 군사는 절반도 채 되지 않았다.

"이제 어디로 간단 말인가……."

하후상이 고개를 떨구며 중얼거렸다.

장합이 한호와 하후상을 불러 놓고 말했다.

"인근에 있는 천탕산과 미창산은 우리의 식량 기지가 있는 곳입니다. 그곳을 잃게 되면 한중 땅 전체를 잃게 되니 속히 대책을 세웁시다."

하후상이 대답했다.

"옳은 말이오. 미창산 근처엔 하후연 장군이 지키는 정군산 기지가 가까이 자리하고 있소. 그러니 우린 남은 군사를 이끌고 천탕산으로 들어갑시다."

천탕산은 하후돈의 조카인 하후덕이 지키고 있었다. 장합과 하후상이 패잔병을 이끌고 나타나자 하후덕은 얼굴을 찡

그렸다.

"이곳을 지키는 군사가 십만이나 되는데 무얼 하러 오셨소?"

장합이 나서서 자초지종을 설명했다. 하후덕은 혀를 끌끌
찼다.

"그까짓 노인장 두 명을 당하지 못해 도망쳤단 말이오?"

하후덕의 말이 채 끝나기도 전이었다. 돌연 맞은편 숲에서
북이 울리며 함성이 계곡을 진동했다.

"황충이 맞은편 산에 도착했습니다."

파수 보던 부하가 달려와 보고했다. 그러자 한호가 불쑥 앞
으로 나섰다.

"제게 군사 삼천만 빌려 주십시오. 저 늙은 구렁이를 산 채
로 잡아다가 바치겠습니다."

하후덕은 크게 기뻐하며 자신의 부하 3천을 내주었다. 한호
는 3천 군마를 거느리고 북을 울리며 산을 내려갔다.

"늙은 구렁이는 내 창을 받아라!"

한호가 기세등등하게 말을 달려나왔다. 하룻강아지 범 무서
운 줄 모르는 꼴이었다. 황충은 코웃음을 치며 긴 칼을 빼 들
었다. 두 장수가 탄 말과 말이 막 부딪치기 직전이었다. 한호
의 목이 소리도 없이 공중으로 날아갔다. 한호가 탔던 말은 목

없는 주인의 몸을 매달고 어디론가 미친 듯 뛰어갔다.

촉군의 기세는 하늘을 찔렀다. 촉군은 함성을 지르며 천탕산을 기어올랐다. 장합과 하후덕은 남은 군사를 이끌고 필사적으로 저항했다. 화살이 까맣게 계곡을 메우고 병장기들이 굉음을 내며 부딪쳤다. 천탕산 중턱은 순식간에 피비린내 나는 지옥으로 변했다.

양쪽 군사가 한참 싸움에 열중해 있을 때였다. 갑자기 함성이 들리며 천탕산 정상에 불길이 치솟았다. 불길은 조조군 막사를 차례로 태우며 번져 나갔다. 하후덕은 깜짝 놀라 군사를 이끌고 산 정상으로 올라갔다.

"이놈, 어딜 가느냐?"

흰 수염을 휘날리며 한 장수가 하후덕을 가로막았다. 그동안 천탕산 으슥한 곳에 매복해 있던 노장 엄안이었다. 놀란 하후덕이 칼집에서 칼을 쑥 뽑아 드는 것과 동시에 엄안의 칼이 하후덕의 어깨를 내려쳤다. 하후덕은 눈을 뜬 채 그대로 숨을 거두었다.

"대장이 죽었다!"

아래위로 적을 맞은 조조군은 싸울 기력을 잃고 흩어졌다. 산더미처럼 쌓여 있던 조조군의 식량과 건초는 대부분 불에

탔다. 실로 어마어마한 승리였다. 장합과 하후상은 겨우 남은 군사를 수습하여 정군산 방향으로 후퇴했다.

황충과 엄안은 성도로 전령을 보내 승리 사실을 알렸다. 성도에 있던 여러 대신들은 박수를 치며 좋아했다. 특히 공명의 기쁨은 컸다.

"두 노인장이 큰 공을 세웠소. 하지만 싸움은 이제 시작에 불과하오. 곧 조조군의 첫째가는 맹장 한 사람이 목숨을 잃게 될 것이오."

공명은 귀신처럼 싸움을 미리 내다보고 있었다.

그때 서촉 출신인 법정이 유비에게 아뢰었다.

"이번 기회에 주군께서 몸소 군사를 일으켜 한중을 평정하십시오."

유비는 그 말을 옳게 여겨 10만 대군을 일으켰다. 때는 건안 23년 여름이었다. 유비는 공명과 조자룡을 좌우에 거느리고 가맹관으로 나아갔다.

유비는 황충과 엄안을 불러 상을 내린 뒤 말했다.

"이번 싸움엔 그대들의 활약이 컸소. 이제 하후연이 지키는 정군산만 빼앗는다면 한중은 우리의 수중에 들어올 것이오."

황충이 수염을 쓰다듬으며 대답했다.

"제게 삼천 군마만 주십시오. 내친 김에 하후연의 목을 베어 오겠소."

옆에 있던 공명이 충고했다.

"그렇다면 법정을 군사로 데리고 가시오. 하후연은 장합 따위와 비교할 수 없는 조조군의 맹장이오. 신중하게 싸우시오."

황충이 떠나자 공명이 유비에게 말했다.

"황충 장군 혼자 힘으로는 어려울 것입니다. 조자룡을 보내 황충 장군 뒤를 받치게 하십시오."

공명은 3천 군사를 뽑아 조자룡에게 준 뒤 황충을 뒤에서 돕게 했다. 그런 다음 엄안을 파서로 보내고 그곳에 있는 장비를 불러들였다. 하관으로도 전령을 보내 마초에게 한 가지 작전을 지시했다.

한편 싸움에 패한 장합과 하후연은 죽을힘을 다해 정군산에 다다랐다. 두 장수의 몰골을 보자 하후연은 내심 당황했다. 뒤이어 유비가 친히 대군을 거느리고 출발했다는 소식이 전해졌다. 하후연은 전령을 뽑아 후방에 진을 친 조홍에게 구원을 요청했다.

소식을 접한 조홍은 급히 말을 몰아 허창으로 조조를 찾아 갔다.

"유비가 몸소 대군을 일으켰습니다. 유비에게 한중을 빼앗기면 중원 천지가 그의 말발굽 아래 짓밟힐 것입니다. 위왕께서 친히 군사를 일으키시어 유비를 토벌하십시오."

조조는 눈을 가늘게 뜨고 한탄했다.

"이번에야말로 그 쥐새끼 같은 무리들을 소탕하고 서촉을 정벌하리라."

조조는 각 진영에 명령을 내려 군사를 일으켰다. 20만이나 되는 대군이 북을 울리며 줄지어 서촉으로 출발했다. 조조는 금으로 된 갑옷을 걸치고 흰 말에 올라 앞에서 대군을 지휘했다. 조조의 대군이 이른 곳은 남정 땅이었다. 조조는 그곳에 막사를 세우고 싸울 준비를 서둘렀다.

그 소식을 듣자 정군산에 있던 조조군은 만세를 부르며 기뻐했다. 때마침 촉군 장수 황충이 군사를 거느리고 정군산 인근에 나타났다.

"이제 복수를 하는 일만 남았군."

하후연은 하후상을 시켜 촉군을 기습하게 했다. 하후상을 보자 황충은 부장 진식에게 1천 군사를 주어 하후상을 막게 했다. 하후상은 몇 번 싸우는 척하다가 말 머리를 돌려 달아났다. 진식은 공을 세우고 싶은 욕심에 조조군을 깊숙이 뒤쫓았다. 진식이 앞만 보고 달려가는데 돌연 통나무와 바위가 굴러 떨어지며 길을 막았다. 진식은 그제야 적의 계책임을 알고 황망히 말을 돌렸다. 그러나 이미 조조군에 포위된 후였다. 진식은 싸움 한 번 해 보지 못하고 하후연에게 사로잡혔다.

진식이 사로잡히자 촉군의 사기는 크게 꺾였다. 그때 황충과 함께 출전한 법정이 계교를 일러 주었다.

"군사들에게 상을 내려 사기를 북돋으십시오."

황충은 비단과 황금을 군사들에게 골고루 나누어 주었다. 그러자 군사들의 사기는 하늘을 찔렀다.

황충은 조금씩 산을 향해 군사를 밀고 올라갔다. 서두르지 않고 하루에 수백 보씩 천천히 전진했다. 황충이 야금야금 다가오자 하후연은 몸이 달았다.

"제가 황충을 사로잡아 오겠습니다."

보다 못한 하후상이 말을 타고 산을 내려갔다. 하후상을 보자 황충도 마주 달려 나갔다. 황충은 하후상의 창을 옆으로 피하며 옆구리를 힘껏 낚아챘다. 졸지에 하후상은 사로잡히는 꼴이 되고 말았다.

"잘됐다. 진식과 하후상을 맞바꾸도록 하자."

하후연은 황충에게 전령을 보내 포로를 바꾸자고 청했다.

황충은 흔쾌히 고개를 끄덕였다. 다음 날 양쪽 군사가 서로 대치한 가운데 포로 교환이 이루어졌다. 하후상과 진식은 있는 힘을 다해 자기편 진영으로 뛰어갔다. 그런데 하후상이 조조군 진영에 가까이 이르렀을 때였다. 황충이 활을 꺼내 하후상을 향해 쏘았다. 날아간 화살은 보기 좋게 하후상의 등을 꿰뚫었다.

"저, 저런 비겁한 놈!"

하후연이 창을 휘두르며 황충을 향해 달려왔다.

"이놈, 하후연아. 내 오래도록 너와의 싸움을 기다려 왔다!"

황충도 지지 않고 마주 달려 나갔다. 마침내 두 노장은 계곡 중간에서 부딪쳤다. 창과 칼이 불꽃을 튀기는 가운데 자그마치 2백 합을 주고받았다. 한 마리 용과 날랜 호랑이가 먹이를 두고 다투는 꼴이었다. 양쪽 군사들은 넋을 잃고 두 장수의 싸움을 응원했다. 황충은 관우와 싸워 승부를 내지 못했을 정도로 용맹한 장수였다. 하후연 또한 오랫동안 조조를 도와 전쟁터를 누빈 맹장이었다.

싸움이 3백 합으로 접어들었을 때였다. 황충이 기합을 내지르며 번쩍 칼을 치켜들었다. 하후연이 몸을 굽히며 창으로 황충의 칼을 쳐 냈다. 그때 갑자기 하후연의 창이 두 토막으로 부러졌다. 노장 황충이 그 기회를 놓칠 리 없었다. 황충은 칼을 옆으로 세워 다시 하후연의 몸을 내리쳤다. 하후연이 부러진 창자루로 칼을 막았다. 칼은 창 자루를 토막 내며 그대로 하후연의 몸을 둘로 갈랐다.

"악!"

외마디 비명을 지르며 하후연은 그대로 숨을 거두었다. 황건적의 난 때부터 조조를 도와 30년 가까이 전쟁터를 누벼온 맹장 하후연의 죽음이었다.

황충이 한칼에 하후연을 죽이자 촉군은 함성을 지르며 정군산을 공격했다. 조조군은 무기를 버리고 살길을 찾아 뿔뿔이 흩어졌다. 황충은 천탕산을 빼앗고 정군산까지 손에 넣었다. 더구나 조조의 맹장 하후연의 목까지 베었으니 노장 황충의 기개는 하늘을 찔렀다.

77. 아, 조자룡

정군산에서 유일하게 살아남은 장수는 장합이었다. 장합은 남은 군사 수천 명을 이끌고 한수 방면으로 후퇴했다. 겨우 숨을 돌린 장합은 조조에게 전령을 보내 정군산을 빼앗긴 사실을 보고했다.

하후연이 죽었다는 소식을 듣자 조조는 대성통곡했다. 하후연은 조조와 한평생을 함께 싸워 온 손발과 같은 장수였다. 조조는 며칠 동안 음식을 먹지 않고 슬픔에 잠겼다.

"내가 직접 가서 하후연의 원수를 갚겠다."

나흘 뒤, 조조는 직접 군사를 일으켰다. 조조가 한수에 이르자 장합이 부장 두습을 이끌고 마중 나왔다. 장합이 조조에게 아뢰었다.

"촉군은 계획적으로 우리 군량이 있는 곳만 노리고 있습니다. 미창산에 숨겨 놓은 식량과 마초를 북산으로 옮기시지요."

조조는 그 말을 옳게 여겨 식량과 마초를 북산으로 감추게 했다.

그 소식을 전해 듣자 유비가 대신들을 모아 놓고 말했다.

"조조가 식량을 옮긴 것은 저들 스스로 약점이 식량에 있음을 우리에게 노출시킨 것 아닌가?"

공명이 대답했다.

"바로 보셨습니다. 북산으로 옮겨진 적의 식량과 마초만 불태우면 40만 조조군도 종이호랑이와 같이 비실거릴 것입니다."

노장 황충이 이번에도 나섰다.

"이 늙은이가 다시 그 일을 맡아보겠소."

공명이 고개를 흔들었다.

"허허, 황 장군은 욕심도 많으시오. 어찌 혼자서 조조군을 모조리 소탕하려 하시오. 이번에는 조자룡 장군과 함께 가도

록 하시오. 부장 장익과 장저는 각각 자룡과 황 장군을 돕도록
하게."

조자룡과 황충은 군사를 이끌고 나는 듯이 북산으로 떠났다.

그러나 도중에 작은 문제가 발생했다. 황충이 이번에도 자
신이 앞장서겠다고 우겼던 것이다. 할 수 없이 조자룡은 한 가
지 제안을 했다.

"제비를 뽑아 이긴 사람이 북산을 불태우기로 합시다."

"그거 좋은 생각이군."

황충도 흔쾌히 수락했다. 제비를 뽑아 보니 선봉은 역시나
황충이었다. 황충이 떠나려 하자 조자룡이 말고삐를 쥐고 물
었다.

"기간을 정하고 떠나십시오. 그래야 저도 공을 세울 수 있지
않습니까?"

황충이 껄껄 웃고 대답했다.

"내일 아침까지 북산을 불태우겠네. 만약 실패하게 되면 그
땐 자네에게 북산을 맡기겠네."

조자룡은 그제야 말고삐를 놓아 주었다.

북산을 지키던 조조의 장수는 장합이었다. 황충은 새벽이
되기를 기다렸다가 북산으로 밀고 들어갔다. 북산 아래 당도

하자 먼동이 트기 시작했다. 황충이 고개를 들어 바라보니 북산 정상에 식량과 마초가 산더미처럼 쌓여 있었다.

"모두 불태워라!"

황충이 군사들에게 명령했다. 촉군은 함성을 지르며 북산을 향해 기어올라 갔다. 장합도 군사를 이끌고 산을 달려 내려왔다. 북산은 떠오르는 아침해와 함께 붉은 피로 물들었다.

북산을 빼앗기면 20만 조조군도 끝장이었다. 장합과 조조군은 필사적으로 대들었다. 북산이 위험에 처했다는 소식은 전령에 의해 조조에게 전해졌다. 깜짝 놀란 조조는 서황을 불러 급히 북산을 돕게 했다.

서황이 대군을 이끌고 달려오자 싸움은 점차 황충에게 불리해졌다. 촉군은 오히려 적에게 겹겹이 포위되었다.

"안 되겠군! 일단 후퇴하라!"

황충은 뒤늦게 군사들에게 명령했다. 하지만 이미 때가 늦은 상태였다. 황충을 보자 장합이 칼을 들고 달려들었다. 서황도 도끼를 들고 황충을 앞뒤에서 공격했다. 황충은 사력을 다해 두 사람을 막았다.

한편, 황충에게 선봉을 빼앗긴 조자룡은 아침이 되기만을 손꼽아 기다렸다. 그때 전령이 달려와 놀라운 소식을 전했다.

"황충 장군의 목숨이 위험합니다."

그 소리를 듣자 조자룡은 부장 장익을 불러 명령했다.

"화살 쏘는 군사를 좌우에 배치한 뒤 남은 군사로 진을 엄하게 지키게. 곧 조조군이 이리로 밀어닥칠걸세."

장익이 걱정스런 얼굴로 말했다.

"그래도 얼마간 데리고 가십시오. 군사를 이곳에 두고 혼자 가시면 무슨 방법으로 황충 장군을 구한단 말입니까?"

조자룡이 굳은 표정으로 말했다.

"군사가 많다고 적을 이기는 게 아니네. 황충 장군을 구한 뒤 적을 유인하여 이리로 곧장 달려오겠네. 대비를 갖추고 있다가 조조군을 쓸어 버리게."

"자칫하면 장군까지 위험에 처할 수 있습니다."

"사나이로 태어나 전쟁터에서 죽는 건 영광이네."

조자룡은 갑옷과 투구를 쓰고 말 위에 높이 올랐다. 한 자루 긴 창을 손에 쥐고 등에 장검을 멘 자세였다. 한 줄기 햇볕이 내려와 조자룡을 밝게 비추었다.

"가자!"

조자룡은 창으로 북산을 가리키며 말에 박차를 가했다. 평소 조자룡을 그림자처럼 따르는 서너 명의 기병이 그 뒤를 따를 뿐이었다.

조자룡이 북산 근처에 이르렀을 때였다. 먼지가 자욱이 일며 수백 명의 조조군이 앞을 가로막았다. 칼과 방패를 든 장수가 달려 나오는데, 그는 문빙의 부장으로 있는 모용렬이었다.

"웬 놈이냐?"

모용렬이 기세등등하게 조자룡을 막아섰다. 조자룡은 대답하기도 귀찮다는 듯 그대로 창을 치켜들었다. 모용렬의 머리가 피를 뿜으며 날아갔다. 조자룡은 창을 좌우로 풍차처럼 돌리며 조조군을 짓밟았다. 한 줄기 거센 폭풍처럼 조자룡은 전진을 계속했다.

그러자 또 한 명의 장수가 조자룡을 가로막았다. 그는 초병이라는 조조의 부장이었다.

"내 앞을 막으면 죽음뿐이다!"

조자룡이 창을 앞으로 쭉 뻗었다. 창은 그대로 초병의 몸을 뚫고 지나갔다.

마침내 조자룡은 북산 바로 아래까지 이르렀다. 조자룡은 고개를 들어 황충을 찾았다. 황충은 조조군에 둘러싸인 채 힘겹게 싸우는 중이었다. 장합과 서황의 칼은 곧 황충의 목을 벨 듯 날카로웠다.

"아······."

황충을 보자 조자룡은 눈시울이 뜨거워졌다. 북산에 진을 친 조조군은 어느새 10만 명으로 늘어난 상태였다. 그런 조조군을 상대로 황충은 죽을힘을 다해 싸우고 있었다. 남은 군사도 얼마 되지 않았다.

조자룡은 외마디 고함을 내지르며 황충을 향해 뛰어들었다. 햇볕을 받은 창날이 번쩍번쩍 공중에서 춤을 추었다. 조조군은 낙엽처럼 목이 떨어졌다. 그때마다 붉은 피가 허공에 무지개를 그렸다. 장합과 서황은 자신들도 모르게 주춤 뒤로 물러섰다.

"장군, 여기 조자룡이 왔습니다. 어서 제 뒤를 따르십시오."

조자룡은 황충을 구한 뒤 무인지경으로 말을 달렸다. 조조군은 파도가 갈라지듯 길을 열어 주었다. 누구 하나 감히 앞을 막아서는 장수가 없었다.

그 순간 조조는 높은 언덕에 올라 싸움을 살피고 있었다.

"저 장수는 누구인가?"

조자룡을 보자 조조는 넋을 잃고 물었다.

"바로 상산의 조자룡입니다."

"상산 출신의 조자룡이라면 지난날 장판파 싸움에서 우리 진영을 혼자 휩쓴 장수가 아닌가?"

"그렇습니다."

조조는 조자룡이 적이라는 사실도 잊고 연신 감탄했다.

"저건 사람이 아니다. 하늘이 내린 귀신이 한바탕 춤을 추는 것 같구나."

조자룡은 동에 번쩍 서에 번쩍 조조군을 휩쓸었다. 포위되어 사투를 벌이던 촉군 대부분이 조자룡에 의해 목숨을 건졌다.

조조는 뒤늦게 문득 정신이 들었다.

"가만, 조자룡 혼자 우리 진을 휩쓰는데 우리편 장수들은 무얼 하고 있는가? 죄다 허수아비들만 있는가?"

조조는 몸소 대군을 휘몰아 조자룡의 뒤를 쫓기 시작했다. 조자룡은 앞서 달려오는 조조군을 찌르고 베면서 장익이 진을 친 곳으로 무사히 후퇴했다.

조조군은 함성을 지르며 멋모르고 달려왔다. 장익은 밀려드는 조조군을 보자 급히 화살을 쏘게 했다. 수천 발의 화살이 조조군을 향해 빗줄기처럼 날아갔다. 뜻밖의 반격에 조조군 진영은 아수라장이 되었다.

"공격하라!"

적이 혼란에 빠지자 조자룡은 다시 말 머리를 돌렸다. 힘을 얻은 황충도 칼을 휘두르며 조조군을 뒤쫓았다. 10만이나 되는 조조군이 수천 명 남짓한 촉군에게 쫓기는 어이없는 일이 벌어졌다. 조조군은 자기편끼리 짓밟고 뒤엉키며 한수까지 밀려갔다. 강물에 빠져 죽고 화살에 맞아 죽은 자가 태반이었다.

조조는 정신없이 북산으로 향했다. 그러나 북산은 이미 불길에 휩싸여 있었다. 공명이 유봉과 맹달을 보내 북산을 불태우게 했던 것이다. 조조는 할 수 없이 조홍이 지키고 있는 남정으로 말을 몰았다.

조조가 버리고 간 식량과 마초는 수십만 석이나 되었다.

"참혹한 패배였다."

남정으로 후퇴한 조조는 종일 식은땀을 흘렸다. 조조는 남은 대군을 이끌고 정군산 북쪽으로 진을 옮겼다.

"이번에는 반드시 유비를 사로잡아 와라."

조조는 서황과 왕평을 불러 유비를 치게 했다. 왕평은 본래 한중 사람이었다. 장로가 한중에 항복할 때 조조의 부장으로 자리를 옮긴 터였다.

서황과 왕평은 군사를 이끌고 한수 방면으로 진격했다. 서황은 군사들에게 강을 건너가 진을 치게 했다. 그 모습을 보고 왕평은 고개를 흔들었다.

"물을 등지고 배수진을 칠 생각이군요? 자칫하면 모든 군사가 전멸할 수 있습니다. 속히 물을 벗어나십시오."

그러나 서황은 콧방귀를 뀌었다.

"자네는 겁이 많군. 정 이곳이 못마땅하면 자네 부하들을 거느리고 산속으로 들어가 진을 치게."

서황이 그렇게 나오자 왕평은 할 수 없이 물러났다.

서황이 한수에 진을 쳤다는 소식은 곧 유비군 진영에 전해졌다. 이번에도 조자룡과 황충은 서로 자신이 선봉으로 나가 싸우겠다고 우겼다.

"물을 뒤에 두고 배수진을 쳤으니 조조군은 이제 끝장이오. 이번에도 두 장수가 나란히 나가 공을 세우시오."

유비는 가볍게 웃으며 허락했다.

황충과 조자룡은 군사를 반으로 나누어 양쪽에서 조조군을 기습했다. 조조군은 우왕좌왕하며 물에 빠지고 창에 찔렸다. 서황은 할 수 없이 강을 건너 조조군 본진으로 후퇴했다.

서황이 물러가자 유비는 군사를 이끌고 강을 건넜다. 양쪽 군대는 오계산 앞 벌판에서 정면으로 마주쳤다.

유비를 보자 조조가 멀리서 소리쳤다.

"유비는 어찌하여 은혜를 잊고 내게 대항하느냐?"

유비가 서슴없이 대답했다.

"나는 황제의 칙령을 받들어 역적 조조를 치고 있다."

조조는 화를 벌컥 냈다.

"누가 가서 유비의 목을 가져오겠느냐?"

그러자 허저가 우렁차게 대답했다.

"여기 허저가 있습니다."

허저를 보자 유비 진영에서도 한 장수가 말을 타고 달려 나왔다. 그는 장팔사모를 움켜쥔 장비였다. 장비를 보자 허저는 일순 움찔했다. 장비는 허저가 제일 두려워하는 촉군 장수였다.

"이놈, 또 만났구나."

장비가 범처럼 으르렁거리며 허저를 몰아쳤다. 황충과 조자룡이 큰 공을 세우자 풀이 죽어 있던 장비였다. 허저는 손이 떨려 장비의 창을 제대로 막아 내지 못했다. 싸운 지 불과 수 합 만에 장비의 창이 허저의 어깨를 찔렀다. 허저는 비명을 지르며 가까스로 도망쳤다.

"와아!"

촉군의 사기는 하늘을 찔렀다. 공격 명령이 떨어지기도 전에 촉군은 물밀 듯 조조군을 향해 달려갔다. 장비는 분풀이를 하듯 무인지경으로 조조군을 짓밟았다. 황충과 위연, 마초, 조자룡 등 내노라하는 촉군 장수들이 그 뒤를 따랐다. 조조군은 당해 내지 못하고 사방으로 흩어졌다.

싸움에 크게 패한 조조는 양평관까지 후퇴했다. 그러나 얼마 지나지 않아 촉군이 양평관으로 밀어닥쳤다. 조조는 할 수 없이 관을 버리고 황망히 도망쳤다. 조조가 야곡이라는 곳에 도착했을 때였다. 먼지를 일으키며 황충과 장비가 달려왔다.

"아, 이제 꼼짝없이 죽게 생겼구나……."

조조는 하늘을 우러러보며 탄식했다.

그때 기적 같은 일이 벌어졌다. 조조의 둘째 아들 조창이 군사를 이끌고 나타난 것이었다. 조창은 아버지가 위기에 처했다는 소식을 듣고 군사를 모아 달려오는 길이었다.

"오, 내 아들 창이구나. 어서 나를 좀 구해다오."

조조는 재빨리 아들 뒤로 몸을 숨겼다. 조창은 아버지를 구한 뒤 마주 오는 촉군을 필사적으로 막았다. 급히 뒤를 쫓느라 장비와 황충이 거느린 촉군은 얼마 되지 않았다. 그에 비해 조조군은 수만 명이나 되었다. 조창이 죽기살기로 대들자 장비와 황충은 할 수 없이 군사를 돌려 물러났다.

조조는 야곡 깊은 곳으로 올라가 막사를 세웠다. 그 상태로

며칠이 흘렀다. 답답한 마음에 조조는 하늘을 보며 탄식했다.

'아무리 싸워도 촉군을 이길 수 없구나. 그렇다고 이대로 돌아가면 천하가 나를 비웃을 것 아닌가. 오도가도 못 하게 되었으니 이를 어찌하면 좋을까.'

그때 요리를 담당한 군사가 조조에게 저녁을 가지고 왔다. 반찬 가운데 닭을 튀긴 것이 있었다. 조조는 닭의 갈비를 뜯다가 문득 쓴웃음을 지었다.

'그러고 보니 이곳 한중 땅이 바로 계륵 같구나. 버리자니 아깝고 그렇다고 지키자니 힘이 들고……'

계륵은 닭의 갈비를 가리키는 말이었다.

"안 되겠다. 돌아가자!"

다음 날 조조는 부하들에게 후퇴 명령을 내렸다.

78. 한중왕이 된 유비

조조가 달아나자 한중은 고스란히 유비의 차지가 되었다.

유비는 널리 방을 붙여 백성들을 안심시키고 서촉과 한중을 하나로 합쳤다. 한중은 위연으로 하여금 임시로 맡아 다스리게 했다.

성도로 돌아온 유비는 문무 대신들을 불러놓고 일일이 공을 치하했다. 관우와 장비, 조자룡, 마초, 황충은 오호장군에 봉해졌다. 싸움에 참가했던 군사들에게도 많은 상을 내렸다.

예전부터 유비를 따르던 신하들은 누구보다 기쁨에 넘쳤다. 의지할 곳 없이 이곳저곳 떠돌다가 드디어 넓은 땅을 갖게 된 것이었다. 한중을 얻음으로써 애초에 공명이 얘기했던 천하삼분의 계획도 이루어진 셈이었다.

나라가 안정되자 대신들 사이에서 새로운 고민이 생겨났다. 형주와 서촉, 한중으로 나뉘어진 땅을 하나로 맡아 다스릴 왕이 필요했던 것이다. 대신들은 삼삼오오 모여 유비를 왕으로 받들자고 소곤거렸다. 그러나 함부로 입 밖에 낼 수 없는 말이었다. 유비가 그와 같은 제안을 들을 리 없었기 때문이다.

대신들은 할 수 없이 군사인 공명을 찾아갔다.

"많은 백성들이 주군의 덕을 흠모하고 있습니다. 주군께 말씀드려 이곳의 왕이 되게 해 주십시오."

공명은 고개를 끄덕였다.

"내 생각도 그대들과 같소."

공명은 여러 신하들을 거느리고 유비를 찾아갔다.

"이제 왕위에 오르십시오. 만백성의 뜻이 이러하니 이는 곧 하늘의 뜻입니다. 제위에 오르시고 역적을 토벌하고 백성들을 어루만져 주십시오."

유비는 놀란 얼굴로 고개를 흔들었다.

"그게 무슨 당치 않은 소리요? 허창에는 아직도 황제가 살아 계시오. 내가 왕을 사칭한다면 원술이나 조조와 다를 게 무엇이겠소?"

"명분을 생각하지 마시고 백성들을 생각하십시오. 한중과 서촉 백성들은 주군께서 나라를 일으켜 다스려 주시기를 고대하고 있습니다."

공명이 다시 간청했다. 그러나 유비의 반응은 냉담했다.

"모두 물러가시오. 설령 왕위에 오른다 해도 황제의 허락을 먼저 받아야 할 것이오."

며칠 뒤 공명은 다시 유비를 찾아갔다.

"조조가 황제를 좌지우지하는 마당에 황제의 허락이 무슨 필요가 있습니까? 나라와 백성을 위한 일이니 주저 마시고 받아 주십시오."

유비는 이번에도 사양할 뜻을 내비쳤다. 그러자 공명과 함께 갔던 장비가 버럭 화를 냈다.

"형님으로 말하자면 황실 종친이 아니오. 별 쥐새끼 같은 놈들이 다 왕이라고 떠드는데 형님은 대체 뭘 망설이슈? 왕이 아니라 당장 황제가 된다 해도 잘못된 것이 없소."

"황제라니, 당치 않다!"

유비는 큰 소리로 장비를 나무랐다.

"먼저 왕위에 오르신 뒤 전령을 보내 황제께 허락을 얻으십시오."

공명이 물러나지 않고 말했다. 여러 대신들이 달려와 엎드려 간청하니 유비는 마지못해 왕이 될 것을 허락했다.

때는 건안 24년 7월, 유비의 나이 쉰아홉 살 되던 해의 일이었다. 공명은 높은 단을 쌓게 하고 주변에 깃발을 꽂았다. 유비는 왕이 입는 옷을 입고 왕이 쓰는 황금 왕관을 머리에 썼다. 대신들이 단 아래 늘어선 가운데 유비는 천천히 단 위로 올라갔다. 유비는 하늘과 땅을 향해 세 번 절을 올리고 천지신명께 왕이 되었음을 알렸다.

유비가 단을 내려오자 대신들이 왕을 상징하는 옥새를 바치고 절을 올렸다. 이어 풍악이 울리는 가운데 큰 잔치가 열렸다. 세자는 유비의 첫째 아들인 유선으로 정해졌다. 서촉과 한중, 형주 중에서 끝으로 정벌한 한중 땅의 이름을 따 유비는 한중왕에 봉해졌다.

성도는 며칠 동안 축제 분위기에 휩싸였다. 유비는 감옥 문을 열어 죄인을 풀어 주고 창고 문을 열어 식량과 비단을 백성들에게 하사했다. 백성들은 거리로 나와 만세를 부르며 유비

의 왕위 등극을 축하했다.

　모든 의식이 끝나자 유비는 허창에 있는 황제에게 편지를
썼다.

　　　역적들을 쳐 없애고 폐하를 보살피겠다는 맹세

　　　신은 아직 잊지 않고 있습니다

　　　다행이 형주를 발판으로, 서촉과 한중을 차지하여

　　　작은 나라를 일구었습니다

　　　이제 하늘의 뜻을 빌려 조조를 쳐부수고

　　　종묘와 사직을 바로잡을까 합니다

　　　백성들의 뜻을 받들어 왕위에 오르고

　　　위로는 황제 폐하를 받들어 모실 생각이니

　　　부디 허락하여 주십시오

　소식을 전해 들은 조조는 펄쩍 뛰었다.

　"그게 사실이냐? 분하다! 돗자리를 짜서 팔던 시골 촌놈이
어찌 함부로 왕이 될 수 있단 말이냐? 군사를 일으켜라! 당장
서촉으로 달려가 이 촌놈들을 모조리 사로잡아야겠다."

　그러자 옆에 있던 사마의가 조조를 말렸다.

"고정하십시오. 촉은 이미 쉽게 깨뜨릴 수 있는 나라가 아닌 줄 압니다. 제게 기회를 주시면 화살 한 대 쏘지 않고 촉을 멸망시켜 보이겠습니다."

"무슨 방법이 있기에 나를 막는가?"

조조가 언짢은 표정으로 물었다.

"강동의 손권을 이용하십시오. 유비는 손권에게 형주를 빌려 놓고 아직 그 반을 돌려주지 않은 상탭니다. 따라서 손권과 유비는 앙숙 같은 사이지요. 지금 당장 손권에게 사자를 보내 형주를 공격하게 하십시오. 그러면 유비는 할 수 없이 촉군을 이끌고 형주를 구원할 것입니다. 그때 텅 빈 촉으로 군사를 몰고 들어가 그 땅을 차지하면 됩니다."

조조는 무릎을 탁 쳤다.

"실로 절묘한 계책이로다."

조조는 말 잘하기로 유명한 만총이라는 신하를 강동으로 보냈다.

만총은 손권을 만나 절을 올리고 조조의 뜻을 전했다.

"오가 형주를 공격하면 위왕께서 직접 촉을 공격하신답니다. 빼앗은 땅을 반으로 나눈 뒤 앞으로 위와 오가 서로 사이좋게 지내자고 말씀하셨습니다."

"음......."

손권은 깊은 생각에 잠겼다.

만총이 물러가자 손권은 신하들을 불러 계책을 물었다. 장소가 엎드려 대답했다.

"유비의 세력이 날로 커지고 있습니다. 지난날 약속대로 한중과 서촉을 차지했으니 사람을 보내 남은 형주 땅을 돌려 달라고 하십시오. 만약 듣지 않으면 그때 가서 조조의 청을 들어주는 게 순서인 듯합니다."

다른 신하들도 장소의 의견에 찬성했다. 손권은 제갈근을 형주로 보내 관우를 만나게 했다. 그러나 관우의 반응은 냉담했다.

"나는 우리 주군의 명령 외엔 듣지 않소. 당장 돌아가시오."

관우는 화를 내며 제갈근을 쫓아 보냈다.

소식을 전해 들은 손권은 길길이 날뛰었다.

"관우라는 인간은 참으로 무례하구나. 당장 군사를 내어 형주를 공격하라!"

그러자 보질이라는 신하가 앞으로 나섰다.

"주군께서는 지금 조조의 얕은 꾀에 속고 계십니다. 조조는 우리가 형주를 치는 사이에 촉을 차지하고 그 다음 강동으로 군사를 보낼 계획이지요."

"음, 내 어찌 조조의 속을 모르겠는가? 하지만 형주는 언젠가 우리가 찾아야 할 우리 땅일세."

보질이 대답했다.

"지금 번성은 조조군 대장 조인이 내려와 지키고 있습니다. 조조에게 전령을 보내 조인으로 하여금 먼저 형주를 공격하게 하십시오. 그러면 관운장은 군사를 이끌고 번성을 공격할 것입니다. 그때 비어 있는 형주를 공격하여 차지하십시오."

손권은 그 말을 옳게 여겨 조조에게 전령을 보냈다.

"우리 계획대로 돼 가는구나."

편지를 받은 조조는 흔쾌히 손권의 청을 들어주었다. 조조는 만총을 불러 명령했다.

"번성으로 내려가 조인을 도와라. 이제 형주는 우리 것이다."

또한 강동으로 전령을 보내 손권에게 알렸다.

"우리는 땅으로 형주를 공격하겠소. 오군은 배를 이용하여 형주로 밀고 올라오시오. 형주를 빼앗은 뒤에 반으로 나누어 다스립시다."

촉의 세력이 커지자 손권과 조조가 동맹을 맺은 것이었다.

유비가 서촉 땅을 개척하는 동안 관우가 홀로 지키는 형주는 바람 앞의 등불처럼 위험한 처지가 되었다.

79. 화살에 맞은 관우

유비는 성도에 궁궐과 관청을 짓고 길을 크게 넓혔다. 또한 식량과 말이 먹을 풀을 저장하고 쇠를 녹여 무기를 만들었다. 한쪽에서는 여러 장수들이 새로 모집한 군사들을 맹훈련시켰다. 유비는 기회를 보아 조조를 치고 천하를 하나로 통일할 생각이었다.

그러던 어느 날 형주에서 급보가 날아왔다.

"조조와 손권이 연합하여 형주를 치려 합니다."

유비는 깜짝 놀라 공명을 불렀다. 그러나 공명은 태연했다.

"너무 걱정하지 마십시오. 관운장으로 하여금 조조군의 거점인 번성을 공격하게 하십시오. 적은 뿔뿔이 흩어져 물러날 것입니다."

유비는 공명의 말대로 관우에게 번성을 치라고 명령했다.

장비와 조자룡, 황충이 서촉과 한중에서 공을 세우는 동안 싸움이 없어 심심하던 관우였다. 편지를 받자 관우는 기쁜 얼굴로 출전 준비를 서둘렀다.

관우는 요화와 양아들 관평을 선봉장으로 삼고 마량과 이적을 모사로 삼았다. 그리고 자신은 중군을 거느렸다.

관우가 온다는 소식을 듣자 조인은 군사를 거느리고 달려나왔다. 조인의 부장은 하후존과 적원이었다. 관우는 관평과 요화에게 싸우다가 도망치라고 명령했다. 형주군이 싸우는 둥 마는 둥 도망치자 조조군은 한껏 기세가 올랐다. 형주군은 20리를 도망간 뒤 어디론가 자취를 감추었다.

다음 날도 똑같은 일이 벌어졌다. 어디선가 나타난 형주군이 갑자기 조조군을 기습했다. 약이 오른 조인은 전군을 이끌고 형주군을 뒤쫓았다. 형주군은 싸울 생각을 하지 않고 또다시 20리를 도망갔다.

"모조리 목을 베어라!"

조인은 맨 앞에서 부하들을 이끌었다. 형주군은 계곡 아래 이르러 어디론가 홀연히 자취를 감추었다. 그때 반대편에서 북이 울리며 군사들이 쏟아져 나왔다. 앞에 선 장수를 보니 그는 다름 아닌 관운장이었다. 조인은 등줄기가 서늘해지며 두 다리에 힘이 쑥 빠졌다.

"속았다! 후퇴하라!"

그러자 옆에 있던 하후존이 조인을 나무랐다.

"장군은 어찌하여 관운장 따위를 무서워하십니까?"

하후존은 칼을 휘두르며 관우를 향해 달려들었다. 참으로 무모한 도전이었다. 관우가 청룡도를 치켜들자 하후존의 목이 그대로 날아갔다. 그 틈에 조인은 재빨리 포위망을 벗어났다. 조인의 부장 적원은 계곡 입구에서 관평을 만나 역시 목이 달아났다. 첫 싸움에서 크게 패한 조인은 번성으로 들어가 성문을 굳게 닫아걸었다.

번성을 치기 위해서는 양강을 건너야 했다. 관우는 배를 만들어 강을 건넜다. 관우가 이끄는 형주군이 막 강을 건넜을 때였다. 조인의 부장 여상이 2천 군사를 거느리고 형주군을 덮쳤다. 그러나 여상 역시 무모한 도전을 한 셈이었다. 여상은 도리어 2천 군사를 대부분 잃고 성으로 쫓겨 들어갔다.

"이러다가 번성마저 빼앗기겠군."

조인은 전령을 허창으로 보내 구원을 요청했다. 조조는 급히 허창에 남아 있는 부하 장수들을 소집했다.

"관우는 천하에 당할 자가 없는 맹장이다. 누가 나가 그와 싸울 텐가?"

그러나 아무도 나서는 장수가 없었다.

"못난 놈들!"

조조는 성난 얼굴로 한 장수를 지목했다. 그는 활을 잘 쏘는 우금이었다. 우금도 싸움이라면 남에게 지지 않는 맹장이었다. 하지만 상대가 관우인지라 선뜻 나서지 못했던 것이다.

"아무래도 저 혼자 힘으로는 부족할 것 같습니다. 부장 한 명을 더 붙여 주십시오."

우금이 기어 들어가는 목소리로 말했다.

"누가 우금을 도와 관우의 목을 가져오겠느냐?"

조조가 여러 장수들을 쳐다보며 물었다.

"제가 가겠습니다."

한쪽에서 우렁찬 목소리가 들려왔다. 그는 한중에서 장로를 돕다가 조조에게 항복한 방덕이었다. 조조는 입이 딱 벌어졌다.

"오, 천하무적 방덕이 있었지. 내가 자네를 깜박 잊고 있었네."

그러자 동형이란 신하가 아뢰었다.

"일전에 방덕과 형제처럼 지내던 마초가 유황숙을 돕고 있지 않습니까? 방덕을 내보내는 건 옳지 않습니다. 행여 항복이라도 하는 날엔 일을 그르치게 될 뿐이지요."

그 말을 듣자 방덕은 소리를 버럭 질렀다.

"마초와 형제처럼 지낸 건 사실이오. 그러나 지금 나는 승상의 은혜를 입은 승상의 신하요. 설령 마초를 만난다 해도 그의 목을 베고 말 것이오."

조조가 눈을 가늘게 뜨고 물었다.

"관우의 목을 가져올 자신이 있는가?"

"시체가 되는 한이 있어도 관우를 죽이겠습니다."

조조는 방덕의 말에 마음이 움직였다.

"방덕은 충성스러운 장수다. 이 시간 이후로 추호도 그를 의심하지 말라."

"승상의 깊은 은혜 목숨으로 갚겠습니다."

방덕은 눈물을 흘리며 조조의 곁을 물러났다.

이윽고 출전의 날이 밝았다. 방덕은 싸움에 나가기 전 아내를 불러 놓고 말했다.

"관우의 목을 베지 못하면 돌아오지 않을 것이오. 나 대신 아이들을 훌륭히 키워 주시오."

아내는 울며 방덕을 배웅했다.

방덕은 부하들에게 관을 가져오게 한 뒤 말했다.

"관우의 목을 베면 이 관에 그를 넣어 돌아올 것이다. 관우를 베지 못하면 이 관에 내 시체를 넣어 와라."

참으로 무시무시한 말이었다.

우금과 방덕은 3만 군사를 이끌고 형주 방면으로 나아갔다. 방덕이 관을 메고 온다는 소식은 곧 관우에게도 전해졌다. 자신을 관에 담아 갈 생각이라는 말을 듣자 관우는 파르르 수염을 떨었다.

"방덕은 참으로 버릇없는 놈이군. 어찌 감히 내 이름을 거들먹거린단 말이냐."

그러자 관평이 앞으로 나섰다.

"방덕 따위를 상대하는데 어찌 아버님이 직접 가실 수 있단 말입니까. 제게 맡겨 주십시오."

관우는 수염을 쓰다듬으며 허락했다. 관평은 군사를 이끌고 나는 듯이 방덕을 향해 달려갔다. 방덕은 푸른 옷에 은투구를 쓴 채 관평을 맞이했다. 먼저 관평이 소리쳤다.

"너는 어쩌다가 조조의 개가 되었느냐?"

방덕이 말을 달려 나오며 대답했다.

"어디서 굴러먹다 온 애송이냐? 어미젖이나 떼고 다시 나오너라!"

두 장수의 칼이 허공에서 불꽃을 일으켰다. 30합을 싸웠지만 좀처럼 승부가 나지 않았다. 마침 소나기가 내렸으므로 두 장수는 싸움을 멈추었다.

"아들을 내보내다니, 관운장도 어지간한 겁쟁이구나."

방덕은 돌아가는 관평에게 조롱하듯 말했다. 방덕이 자신과 싸우고 싶어 한다는 소식을 듣자 관우는 더 참지 못했다. 관우는 요화에게 번성 공격을 맡기고 방덕과 대치 중인 곳으로 달려왔다.

"관운장이 여기 왔다. 방덕은 무얼 하느냐?"

관우를 보자 방덕도 말에 박차를 가했다.

"위왕의 뜻을 받들어 목을 베러 왔다. 운장은 순순히 목을 내밀어라!"

두 장수는 기합을 내지르며 무려 1백 합을 겨루었다. 예순이 넘은 나이였지만 관우의 청룡언월도는 조금도 녹슬지 않았다. 양쪽 군사들은 술에 취한 듯 두 장수의 결전을 구경했다.

시간이 지날수록 방덕의 칼이 점차 무뎌졌다. 관우의 청룡도가 위협적으로 방덕의 목을 겨냥했다. 우금은 재빨리 징을 울려 방덕을 불러들였다. 관평도 늙은 아버지가 실수라도 할까 두려워 재빨리 징을 쳤다.

"왜, 징을 쳤느냐?"

관평을 보자 관우는 화를 냈다.

"혹 실수가 있을까 그랬습니다. 내일은 제가 나가 싸우겠으니 아버님은 뒤에서 군사를 지휘하십시오."

"아니다. 관을 메고 와서 싸움을 청하는 자를 어찌 피한단 말이냐? 저자의 약점을 알았으니 내일은 반드시 목을 벨 것이다."

다음 날 또다시 싸움이 벌어졌다. 그러나 방덕은 자신이 관우를 죽일 수 없음을 알고 있었다. 싸우는 척하다가 방덕은 돌연 말 머리를 돌려 달아났다.

"이놈아, 속임수를 쓰지 말고 사내답게 겨루자!"

관우는 청룡도를 치켜든 채 맹렬히 방덕을 쫓았다. 그러자 도망치던 방덕이 별안간 몸을 휙 돌렸다. 방덕의 손에는 어느새 활이 들려 있었다. 날아온 화살은 그대로 관우의 왼쪽 팔꿈치에 꽂혔다.

"으윽!"

관우는 아픔을 참으며 화살을 뽑아냈다. 도망치던 방덕이 재빨리 말을 돌려 달려왔다. 관평이 달려와 방덕의 칼을 받으며 소리쳤다.

"이 비겁한 놈아, 대결을 청해 놓고 왜 화살을 쏘았느냐?"

그 틈에 관우는 무사히 본진으로 돌아왔다.

형주군은 지키기만 할 뿐 싸움에 나서지 않았다. 며칠이 지나자 화살에 맞은 관우의 상처는 점차 아물었다.

그 사이 우금은 번성 북쪽으로 진영을 옮겼다. 관우의 복수가 두려웠기 때문이다. 상처가 낫자 관우는 높은 산에 올라가 조조군 진영을 관찰했다. 조조군은 강가에 진을 치고 있었다. 그것을 본 관우는 손뼉을 치며 기뻐했다.

"이제 조조군은 물귀신이 되겠구나."

관평이 의아한 얼굴로 물었다.

"그게 무슨 말씀입니까?"

"허창에서 온 조조군은 이곳 날씨를 잘 알지 못한다. 곧 있으면 한 차례 가을장마가 시작될 것 아니냐? 상류의 둑을 막고 기다렸다가 장마가 지면 일시에 둑을 터뜨리자."

"참으로 좋은 계책입니다."

관우의 말에 관평도 모처럼 환하게 웃었다.

그로부터 며칠 뒤였다. 밤이 되자 세찬 비바람이 몰아쳤다. 굵은 빗줄기가 연신 조조군 막사에 들이쳤다. 북이 울리고 산이 꺼지는 소리였다. 천둥이 치고 번개가 작렬했다. 방덕과 우금은 깜짝 놀라 막사 밖으로 뛰쳐나갔다.

"아아, 이게 무슨 변고인가?"

우금은 놀라 기절할 뻔했다. 집채만 한 물줄기가 조조군 진지로 밀려들었다. 강물이 넘친 것이었다. 군사들은 아우성치며 물길 속으로 빨려 들어갔다. 순식간에 수천 명이 목숨을 잃었다.

그때 우금의 눈에 작은 토산이 보였다.

"저기 산이 있다. 토산 위로 막사를 옮겨라!"

우금이 군사들에게 소리쳤다. 조조군은 말과 수레를 버린 채 급히 토산을 향해 뛰어갔다. 작은 토산은 조조군으로 발 디딜 틈 없이 가득 찼다. 산 주변엔 온통 누런 물결뿐이었다.

"이제 살았구나……."

조조군은 겨우 안도의 한숨을 내쉬었다. 멀리서 그 모양을 지켜보던 관우가 명령했다.

"둑을 무너뜨려라!"

잠시 후 상류에 있던 둑이 굉음을 내며 무너졌다. 엄청난 물이 토산을 향해 몰려들었다. 작은 토산은 힘없이 무너져 내렸다.

"사람 살려!"

"어머니!"

2만이나 되던 조조군은 아우성치며 물결 속으로 떠내려갔다.

우금과 방덕은 가장 높은 곳을 향해 미친 듯 뛰어갔다. 토산 한쪽에 제법 큰 소나무 한 그루가 있었다. 우금과 방덕은 죽을 힘을 다해 소나무를 타고 올라갔다. 물결은 토산을 집어삼키고 점점 높이를 상승시켰다. 다행히 물은 소나무를 완전히 집어삼키지 못했다. 소나무만 남고 주변은 온통 물바다였다. 우금과 방덕은 소나무 끝에 솔방울처럼 대롱대롱 매달린 채 누군가 나타나 도와주기를 기다렸다. 참으로 비참한 상황이었다.

그러나 나타난 사람은 뜻밖에도 관우였다. 관우는 뗏목을 타고 천천히 두 사람을 향해 노를 저어 왔다.

"살았구나……."

우금은 관우가 적이라는 사실도 잊고 중얼거렸다.

"두 장수는 나무에 매달려 무엇을 하시오?"

관우가 조롱하듯 물었다. 방덕은 분을 참지 못해 얼굴이 시뻘개졌다.

"항복하겠소. 살려 주시오."

우금이 배를 향해 헤엄쳐 왔다. 관우는 우금을 꽁꽁 묶게 한 뒤 방덕에게 말했다.

"방덕은 항복하지 않고 무얼 하는가?"

방덕이 버럭 소리를 질렀다.

"장수에게 항복이란 없다. 차라리 나를 죽여라!"

관우가 다시 달래듯 말했다.

"너와 함께 싸웠던 마초 장군은 지금 촉의 오호대장군이 되어 있다. 항복하여 함께 조조를 정벌하고 천하를 바로 잡자."

방덕은 목을 길게 늘어뜨리며 소리쳤다.

"잔 말 말고 어서 목을 베어라!"

"으음……."

관우는 길게 탄식했다.

"할 수 없군. 베어라!"

방덕의 머리가 풍덩 물 속으로 떨어졌다. 관우가 부하들에게 명령했다.

"비록 적이지만 방덕은 뛰어난 장수다. 후하게 장사 지내고 해마다 제사를 올려라!"

80. 명의 화타

  싸움에 이긴 관우는 성도로 전령을 보내 승전 사실을 알렸다. 소식을 들은 여러 대신들은 크게 기뻐했다. 유비는 관우를 전장군에 임명하고 형주와 양양 아홉 군을 다스리게 했다.

  "내친김에 번성을 공격하자!"

  관우는 군사를 이끌고 번성을 에워쌌다.

  방덕이 죽자 번성의 조인은 크게 놀랐다. 더구나 우금까지 사로잡혀 생사를 알 수 없는 상황이었다.

"과연, 관우는 천하 명장이다. 섣불리 그와 싸우다간 내 목숨도 달아나고 말 것이다."

조인은 성문을 굳게 걸어 잠그고 지키기만 했다.

모사 만총이 조인에게 건의했다.

"관우와 싸워 이길 장수는 아무도 없습니다. 다른 방법을 써야 합니다."

"다른 방법이라니? 관우를 죽일 수 있다면 무엇인들 못하겠는가?"

조인이 눈을 번쩍 떴다.

"독화살입니다. 화살 끝에 맹독을 묻힌 뒤 수백 명의 궁수로 하여금 일제히 관우를 향해 쏘아야 합니다. 그러면 천하의 관우도 어쩌지 못할 것입니다."

"좋은 계책이군. 즉시 독화살을 준비하고 궁수를 훈련시키세."

조인은 화살 잘 쏘는 군사들 중 5백 명을 뽑아 맹렬히 훈련시켰다. 관우 한 명을 죽이기 위해 동원된 군사들이었다. 아무것도 모르는 관우는 적토마에 높이 올라 성문 앞으로 다가갔다.

"조인은 무얼 하느냐? 썩 나와 칼을 받아라!"

조인은 방패 뒤에 몸을 숨기고 관우를 유심히 살폈다. 관우는 가슴만을 갑옷으로 가린 상태였다.

"쏴라!"

조인이 팔을 들어 신호를 보냈다. 방패 뒤에 숨어 있던 군사들이 일제히 화살을 쏘기 시작했다. 수백 발의 독화살이 관우를 향해 날아갔다.

"이런, 비겁한 놈들!"

관우는 청룡도를 풍차처럼 돌리며 날아오는 화살을 쳐 냈다. 그러나 화살은 끝이 없었다. 그중 한 대가 관우의 오른쪽 팔에 박혔다.

"악!"

관우는 외마디 비명을 지르며 말에서 굴러 떨어졌다.

"관우를 사로잡아라!"

조인이 성문을 활짝 열고 달려 나왔다. 뒤에 대기하던 관평이 급히 군사를 몰고 조인과 맞섰다.

"주군을 구하라!"

형주군은 필사적으로 조조군을 무찔렀다. 조인은 오히려 절반이나 되는 군사를 잃고 성문 안으로 도망쳤다. 그 사이 관평은 관우를 부축하여 급히 진영으로 돌아왔다. 화살을 뽑자 촉에 검은 독이 묻어 나왔다. 관우는 이미 의식을 잃은 상태였다. 독이 뼛속으로 스며들어 오른쪽 팔이 퉁퉁 부어올랐다.

관우는 이튿날 겨우 정신을 차렸다. 여러 장수들이 관우에게 건의했다.

"독이 묻어 있어 상처가 매우 깊습니다. 일단 형주로 후퇴했다가 훗날을 기약하십시오."

그러자 관우는 화를 벌컥 냈다.

"번성을 빼앗고 허창으로 달려가 역적 조조를 칠 것이다. 작은 상처 때문에 군사를 돌릴 수는 없는 일이다."

그러나 관우의 상처는 쉽게 낫지 않았다. 독이 뼈로 스며들어 빨리 손을 쓰지 않으면 생명이 위독한 상태였다. 장수들은 사방으로 군사를 풀어 의원을 불러들였다. 그러나 누구도 독을 제거하지 못했다. 독이 몸으로 퍼져 시간이 지날수록 관우의 몸은 까맣게 변해 갔다.

그러던 어느 날이었다. 한 노인이 조각배를 타고 강동에서 형주로 건너왔다. 노인은 곧장 관우가 머물고 있는 진영으로 배를 저어 왔다. 푸른 수염에 푸른 옷을 입은 이상하게 생긴 노인이었다.

"뉘신데 이렇게 찾아오셨소?"

관평이 노인을 향해 물었다.

"나는 강동에 살고 있는 화타라는 사람이오. 관운장을 치료하러 왔소."

관평은 기쁨에 넘쳐 소리쳤다.

"죽은 사람도 살린다는 바로 그 유명한 의원이 아니십니까?"

"그렇소이다."

관평은 크게 기뻐하여 화타를 관우에게 안내했다. 화타가 왔다는 소식을 듣자 관우는 벌떡 몸을 일으켰다. 관우도 오래 전부터 화타를 알고 있었다.

"장기판을 가져오너라!"

화타가 수술 준비를 하자 관우가 부하들에게 명령했다. 관우는 마량을 불러 한 수, 두 수, 장기를 두기 시작했다.

"독이 뼈로 스며 치료하기가 쉽지 않습니다."

상처를 살피던 화타가 말했다.

"어떤 방법이라도 사용하시오."

관우가 태연하게 말했다.

"팔을 절개하고 뼈를 꺼내 뼛속에 스민 독을 긁어내야 합니다. 그 다음 약을 바르고 실로 상처를 꿰매야 하지요. 하지만 장군이 아픔을 참을 수 있을지 걱정입니다."

관우가 무겁게 입을 열었다.

"내 어찌 세상의 속된 무리처럼 아픔을 두려워하겠소? 걱정

말고 수술을 진행하시오."

말을 마친 관우는 왼쪽 팔을 이용해 장기를 두기 시작했다.

"그럼 칼을 대겠습니다. 너무 놀라지 마십시오."

화타는 날카로운 단검을 이용해 상처를 절개했다. 살이 양쪽으로 갈라지며 붉은 피가 뭉글뭉글 솟구쳤다. 지켜보던 부장들은 두 눈을 질끈 감았다.

"허허, 장기를 두지 않고 무얼 하는가?"

관우가 마량을 재촉했다.

상처가 절개되자 뼈가 고스란히 드러났다. 뼈는 독으로 인해 검게 변해 있었다. 화타는 칼을 이용해 뼈를 긁어 내기 시작했다. 뼈 긁는 소리가 막사를 울렸다. 더는 지켜보지 못하고 바깥으로 뛰어나가는 부장도 있었다.

관우는 입술을 굳게 다문 채 장기판에서 눈을 떼지 않았다. 표정엔 아무런 변화가 없었다. 실로 놀라운 일이 아닐 수 없었다. 흘러내린 피가 대접을 가득 채웠다. 피비린내가 막사를 진동했다. 손이 떨려 자꾸만 실수를 하는 사람은 오히려 마량이었다. 관우는 두 판의 장기를 모두 이겼다. 그 사이 화타는 뼈에 묻은 독을 모두 긁어내고 상처를 실로 꿰맸다.

다음 날 화타가 관우를 찾아왔다.

"상처는 좀 어떻습니까?"

관우가 껄껄 웃으며 대답했다.

"덕분에 통증이 말끔히 가셨습니다. 화타 선생은 과연 하늘이 내린 의원이시오."

화타는 고개를 가로 저었다.

"저 역시 평생 수많은 환자를 치료했습니다. 하지만 장군 같은 분은 처음이었습니다. 장군이야말로 하늘이 내린 사람입니다."

관우는 화타에게 차를 대접하며 물었다.

"그런데 한 가지 궁금한 게 있습니다. 오나라와 우리 형주는 원수지간이 아닙니까? 그런데 선생은 어찌하여 적국 장수를 치료하러 오셨습니까?"

화타가 빙그레 웃으며 대답했다.

"사람을 살리는 일에는 적과 우리가 따로 없습니다. 생명은 모두 소중한 것이지요."

"과연, 선생은 신의이십니다."

관우는 엎드려 절을 올린 뒤 화타를 강변까지 배웅했다.

배에 오르며 화타가 당부했다.

"한 가지 명심해야 할 게 있습니다. 화살 맞은 자리는 나았으나 부디 그 팔을 함부로 쓰지 마십시오. 화를 내어 상처가 덧나는 날엔 다시는 치료할 수 없게 됩니다. 석 달이 지나면 완전히 완쾌될 것입니다."

관우는 황금 1백 냥을 꺼내 사례했다. 그러나 화타는 끝내 받지 않았다.

한편 조인은 관우가 살아났다는 소식을 듣자 두려움에 몸을 떨었다.

"관우는 필시 복수를 하러 올 것이다."

조인은 허창으로 사람을 보내 조조에게 구원을 요청했다. 우금이 항복하고 방덕이 죽은 마당이었다. 조조는 하얗게 질린 얼굴로 장수들을 쳐다보았다.

"누가 나가서 감히 관운장과 싸우리오?"

그러자 한쪽에서 도끼를 손에 든 장수가 뛰어나왔다.

"제가 가겠습니다."

그는 서황이었다.

조조는 크게 기뻐하며 여건을 부장으로 삼아 5만 군사를 주었다. 그리고 손권에게 전령을 보내 형주를 공격하라고 재촉했다.

손권은 육구를 지키던 여몽을 불러 의견을 물었다.

"관우와 조조가 싸우고 있는 모양인데 우린 어찌하면 좋겠는가?"

여몽이 스스럼없이 대답했다.

"관우의 군사는 조조와 싸우느라 모두 번성에 머물고 있습니다. 이 틈에 군사를 내어 형주를 빼앗으십시오."

본래 여몽은 싸움만 잘하고 지혜가 모자란 장수였다. 그것을 못마땅하게 여긴 손권은 여몽을 볼 때마다 책을 읽고 학문을 쌓도록 권유했다. 그날 이후 여몽은 놀랄 정도로 변하기 시작했다. 손권조차 여몽에게 의견을 물을 정도로 지혜로운 장수가 돼 있었던 것이다.

"그게 좋겠군."

손권은 여몽에게 3만 군사를 주어 형주를 치게 했다.

"반드시 형주를 빼앗겠습니다."

여몽은 엎드려 절을 올린 뒤 형주로 출발했다. 관우는 손권이 형주를 공격할 줄은 꿈에도 생각하지 못했다. 조조와 싸우는 사이 허를 찔린 셈이었다.

군사들이 번성으로 떠난 뒤라 형주성에는 수비하는 군사가 많지 않았다. 이른 새벽, 오군은 형주군 옷으로 갈아입고 성

밑으로 다가갔다.

"문을 여시오! 우린 관운장의 군사들이오!"

여몽이 성루를 향해 소리쳤다. 성문을 지키던 병사들이 횃불을 아래로 비추었다. 군사들은 하나같이 형주군 옷을 입고 있었다.

"새벽같이 무슨 일이오?"

성루에 있던 군사가 물었다.

"우린 관운장의 명을 받들어 식량을 수송하러 왔소. 속히 성문을 열어 주시오!"

군사들은 별생각 없이 성문을 활짝 열어 주었다.

"와아!"

오군은 함성을 지르며 물밀 듯이 성안으로 진격했다. 형주군은 싸울 기력을 잃고 사방으로 흩어졌다. 실로 어이없게 형주성을 빼앗긴 것이었다.

여몽은 군령을 내려 관운장의 가족들을 안전히 보호하게 했다. 소식을 전해 들은 손권은 뛸 듯이 기뻐했다. 손권은 곧장 대군을 이끌고 형주로 달려왔다. 관우가 없는 형주는 허수아비나 다름없었다. 부사인과 미방 등 다른 성을 지키던 장수들도 속속 손권에게 항복했다.

손권은 백성들을 안심시킨 뒤 잔치를 열어 장수들을 위로했다. 또한 옥에 갇혀 있던 조조군 장수 우금을 구출해 조조에게 돌려보냈다.

"형주는 유표가 죽은 이후 본래 우리 땅이었다. 그 땅을 유비가 빼앗아 다스렸는데 이제 그것을 되찾았으니 기쁘기 그지없구나. 모든 군사들은 성을 튼튼히 지켜 다시는 빼앗기지 마라."

손권은 각지에 영을 내리고 관우의 공격에 대비했다.

(5권에 계속)

청소년 삼국지 4
서촉을 공략하라

ⓒ 권정현, 2004

초 판 1쇄 발행일 | 2004년 8월 7일
개정판 2쇄 발행일 | 2021년 1월 13일

지은이 | 나관중
엮은이 | 권정현
펴낸이 | 정은영
펴낸곳 | (주)자음과모음

출판등록 | 2001년 11월 28일 제2001-000259호
주소 | 04047 서울시 마포구 양화로6길 49
전화 | 편집부 (02)324-2347, 경영지원부 (02)325-6047
팩스 | 편집부 (02)324-2348, 경영지원부 (02)2648-1311
e-mail | jamoteen@jamobook.com

ISBN 978-89-544-3943-5 (44820)
     978-89-544-3939-8 (set)